DETALHES DE UM PÔR-DO-SOL

VLADIMIR NABOKOV

DETALHES DE UM PÔR-DO-SOL
e outros contos

Tradução:
JORIO DAUSTER

1ª reimpressão

COMPANHIA DAS LETRAS

*Esta edição é publicada mediante acordo com o
Espólio de Vladimir Nabokov.
Foto da orelha cedida pela agência Smith/Skolnik.*

Título original:
Details of a Sunset and Other Stories

Capa:
Chip Kidd

sobre fotos de
Geoff Spear

Dados Internacionais de Catalogação na Publicação (CIP)
(Câmara Brasileira do Livro, SP, Brasil)

Nabokov, Vladimir, 1899-1977.
Detalhes de um pôr-do-sol e outros contos / Vladimir Nabokov ; tradução Jorio Dauster. — São Paulo: Companhia das Letras, 2002.

Título original em inglês: Details of a sunset and other stories.
ISBN 85-359-0267-8

1. Contos russos. I. Título.

02-3773 CDD-891.73

Índice para catálogo sistemático:
1. Contos : Literatura russa 891.73

2002

EDITORA SCHWARCZ LTDA.
Rua Bandeira Paulista, 702, cj. 32
04532-002 — São Paulo — SP
Telefone: (11) 3167-0801
Fax: (11) 3167-0814
www.companhiadasletras.com.br

Para Véra

SUMÁRIO

PREFÁCIO

Esta coletânea contém a última fornada de meus contos russos que merecem ser traduzidos para o inglês. Cobrem um período de onze anos (1924-1935); todos apareceram, à época, em jornais e revistas de emigrados de Berlim, Riga e Paris.

Talvez haja alguma remota utilidade em que eu relacione aqui todos os meus contos traduzidos e publicados nos Estados Unidos, em quatro volumes, ao longo dos últimos vinte anos.

Nabokov's Dozen (Nova York, Doubleday, 1958) inclui três contos traduzidos por Peter Pertzov em colaboração com o autor, a saber:

1. "Spring in Fialta" ("Vesna v Fial'te", 1936);
2. "The Aurelian" ("Pil'gram", 1930);
3. "Cloud, Castle, Lake" ("Oblako, ozero, bachnya", 1937).*

A Russian Beauty (Nova York, McGraw-Hill, 1973) contém treze contos traduzidos por Dmitri Nabokov em colaboração com o autor, exceto o que serviu de título à coletânea, traduzido por Simon Karlinsky em colaboração com o autor:

4. "A Russian Beauty" ("Krasavitsa", 1934);
5. "The Leonardo" ("Korolyok", 1933);
6. "Torpid Smoke" ("Tyajyolyy dym", 1935);

(*) Além dos três contos mencionados, escritos em russo, constam ainda da citada coletânea os seguintes contos: "A Forgotten Poet", "First Love", "Signs and Symbols", "The Assistant Producer", "Conversation Piece, 1945", "'That in Aleppo Once'", "Time and Ebb", "Scenes from the Life of a Double Monster", "Mademoiselle O" e "Lance". Todos foram escritos em inglês, com exceção de "Mademoiselle O", escrito em francês. (N. T.)

7. "Breaking the News" ("Opovechtchenie", 1935);
8. "Lips to Lips" ("Usta k ustam", 1932);
9. "The Visit to the Museum" ("Posechtchenie muzeya", 1931);
10. "An Affair of Honor" ("Podlets", 1927);
11. "Terra Incognita" (mesmo título, 1931);
12. "A Dashing Fellow" ("Khvat", 1930);
13. "Ultima Thule" (mesmo título, 1940);
14. "Solus Rex" (mesmo título, 1940);
15. "The Potato Elf" ("Kartofel'nyy el'f", 1929);
16. "The Circle" ("Krug", 1934).

Tyrants Destroyed (Nova York, McGraw-Hill, 1975)* inclui doze contos traduzidos por Dmitri Nabokov em colaboração com o autor:

17. "Tyrants Destroyed" ("Istreblenie tiranov", 1938) ["A destruição dos tiranos"];
18. "A Nursery Tale" ("Skazka", 1926) ["Conto de fadas"];
19. "Music" ("Muzyka", 1932) ["Música"];
20. "Lik" (mesmo título, 1939);
21. "Recruiting" ("Nabor", 1935) ["Recrutamento"];
22. "Terror" ("Ujas", 1927) ["Terror"];
23. "The Admiralty Spire" ("Admiralteyskaya igla", 1933) ["A torre do almirantado"];
24. "A Matter of Chance" ("Sluthaynost'", 1924) ["Uma questão de sorte"];
25. "In Memory of L. I. Shigaev" ("Pamyati L. I. Chigaeva", 1934) ["Em memória de L. I. Tchigaiev"];
26. "Bachmann" (mesmo título, 1924);
27. "Perfection" ("Soverchenstvo", 1932) ["Perfeição"];
28. "Vasiliy Shishkov" ("Vasiliy Chichkov", 1939) ["Vasilii Tchitchkov"].

Details of a Sunset (Nova York, McGraw-Hill, 1976) contém treze contos traduzidos por Dmitri Nabokov em colaboração com o autor:

(*) Publicado no Brasil com o título de *Perfeição e outros contos* (Companhia das Letras). Além dos doze contos citados, originalmente escritos em russo, consta da coletânea um outro, escrito em inglês: "The Vane Sisters" ("As irmãs Vane"). Todos foram traduzidos para o português pelo autor desta nota. (N. T.)

29. "Details of a Sunset" ("Katastrofa", 1924) ["Detalhes de um pôr-do-sol"];

30. "A Bad Day" ("Obida", 1931) ["Um mau dia"];

31. "Orache" ("Lebeda", 1932) ["Armoles"];

32. "The Return of the Chorb" ("Vozvrachtchenie Chorba", 1925) ["O retorno de Tchorb"];

33. "The Passenger" ("Passajir", 1927) ["O passageiro"];

34. "A Letter that Never Reached Russia" ("Pis'mo v Rossiyu", 1925) ["A carta que nunca chegou à Rússia"];

35. "A Guide to Berlin" ("Putevoditel' po Berlinu", 1925) ["Guia de Berlim"];

36. "The Doorbell" ("Zvonok", 1927) ["A campainha da porta"];

37. "The Thunderstorm" ("Groza", 1924) ["O temporal"];

38. "The Reunion" ("Vstretcha", 1932) ["O reencontro"];

39. "A Slice of Life" ("Slutchay iz jizni", 1935) ["Uma fatia de vida"];

40. "Christmas" ("Rojdestvo", 1925) ["Natal"];

41. "A Busy Man" ("Zanyatoy tchevolek", 1931) ["Um homem ocupado"].

Vladimir Nabokov
Montreux, 1975

DETALHES DE UM PÔR-DO-SOL

Duvido muito de que eu tenha sido responsável pelo execrável título ("Katastrofa") infligido a este conto. Foi escrito em junho de 1924, em Berlim, e vendido ao jornal de emigrados de Riga *Segodnya*, que o publicou em 13 de julho do mesmo ano. Exibindo ainda aquele rótulo, e sem dúvida com minha bênção indolente, foi incluído na coletânea *Soglyadatay* (Berlim, Slovo, 1930).

Dei-lhe agora um novo título, que tem a tripla vantagem de corresponder ao pano de fundo temático da história, de intrigar os leitores que "pulam as descrições" e de enfurecer os críticos.

O último bonde desaparecia na escuridão da rua, lisa como um espelho, e, ao longo do cabo elétrico, a centelha crepitante e tremeluzente de um fogo-de-bengala afastava-se velozmente qual uma estrela azul.

"Bom, não há mesmo outro jeito senão ir a pé, embora você tenha bebido demais, Mark, bebido demais..."

A centelha se apagou. Os tetos reluziam sob o luar, ângulos prateados cortados na diagonal por fendas negras.

Saiu cambaleando no rumo de casa na obscuridade coruscante: Mark Standfuss, balconista, semideus, o louro Mark, um sujeito de sorte com uma camisa de colarinho alto e duro. Na nuca, acima da linha branca do colarinho, seu cabelo terminava numa pequena ponta engraçada e juvenil que havia escapado à tesoura do barbeiro. Aquela pequena ponta é que havia feito Klara se apaixonar por ele — e ela jurava que era um amor verdadeiro, que tinha esquecido totalmente o estrangeiro bonitão e falido que no ano anterior alugara um quarto na casa de sua mãe, *frau* Heise.

"E no entanto, Mark, você bebeu demais..."

Naquela noite, com cerveja e canções, seus amigos haviam dado uma festa em homenagem a Mark e à pálida e ruiva Klara, que se casariam dentro de uma semana; começaria então toda uma vida de paz e felicidade, de noites na companhia dela — a labareda vermelha de seus cabelos espraiando-se pelo travesseiro —, e nas manhãs mais uma vez seu riso sereno, o vestido verde, o frescor de seus braços nus.

Uma tenda negra havia sido armada no centro da praça: os trilhos do bonde estavam sendo consertados. Recordou-se de como, durante a noitada, seus lábios tinham penetrado por sob a manga curta do vestido de Klara para beijar a comovente cicatriz deixada em seu braço pela vacina contra a varíola. E agora caminhava de volta para casa, trôpego pelo excesso de felicidade e de bebida, balançando a bengala fina enquanto, entre as casas obscuras do outro lado da rua deserta, um eco noturno respondia em cadência a suas passadas; mas o eco se extinguiu quando ele dobrou a esquina onde estava postado o mesmo homem de sempre, de avental e boné de pala, assando salsichas na grelha e anunciando com um chilrear débil e triste: "*Würstchen, würstchen...*".

Mark sentiu uma espécie de doce compaixão pelas salsichas, pela lua, pela faísca azul que havia fugido ao longo do cabo elétrico; apoiando o corpo contra uma cerca amistosa, foi tomado de um ataque de riso e, curvando-se, sussurrou através de um pequeno orifício nas tábuas: "Klara, Klara, ah, minha querida!".

Do outro lado da cerca, espremido entre dois edifícios, estendia-se um terreno baldio retangular onde, qual enormes caixões de defunto, estavam estacionados vários caminhões de mudança prenhes de cargas. Sabe-se lá o que estaria empilhado dentro deles. Arcas de carvalho, provavelmente, candelabros mais parecidos com aranhas de ferro e o pesado esqueleto de uma cama de casal. O clarão do luar iluminava cruamente os caminhões. À esquerda do terreno, grandes corações pretos estavam achatados contra o muro dos fundos — as sombras, ampliadas muitas vezes, das folhas de uma tília que se erguia junto ao lampião na beira da calçada.

Mark ainda estava rindo baixinho ao subir as escadas às escuras que levavam a seu andar. Atingiu o último degrau, mas por engano levantou mais uma vez o pé, que baixou ao chão desajeitadamente com um forte baque. Enquanto tateava nas trevas em busca do buraco da fechadura, a bengala de bambu escorregou de sob seu braço e, com um matraquear abafado, desceu escada abaixo. Mark prendeu a respiração. Imaginou que a bengala seguiria a curva da escada e desceria aos pinotes até o andar térreo. Mas o ruído ritmado cessou de repente. Deve ter parado. Sorriu aliviado e, agarrando-se ao corrimão (a cerveja cantando em sua cabeça vazia), começou a descer. Por um triz não caiu. Sentou-se pesadamente num degrau, as mãos buscando novo apoio.

A porta se abriu no andar de cima. *Frau* Standfuss — trazendo um lampião de querosene, a camisola em desalinho, piscando os olhos, o halo de seus cabelos escapando por baixo da touca de dormir — chegou ao patamar e perguntou: "É você, Mark?".

Um triângulo de luz amarela clareou o corrimão, os degraus e a bengala, e Mark, ofegante mas feliz, subiu de novo a escada, sua sombra negra e corcunda seguindo-o ao longo da parede.

Depois, no aposento fracamente iluminado e dividido por um biombo vermelho, ocorreu a seguinte conversa:

"Você bebeu demais, Mark".

"Não, não, mamãe... Estou tão feliz..."

"Você se sujou todo, Mark. Tua mão está preta..."

"... tão feliz... Ah, isso é bom... a água tão fresquinha. Jogue um pouco em cima da minha cabeça... Mais... Todo mundo me deu parabéns, e com toda a razão... Jogue mais um pouco."

"Mas andam dizendo por aí que até muito recentemente ela estava apaixonada por alguém — uma espécie de aventureiro, vindo de outro país. Foi embora sem pagar os cinco marcos que devia à *frau* Heise..."

"Ah, pare com isso, você não entende nada... Cantamos tanto hoje... Olhe, perdi um botão... Acho que vão dobrar o meu salário quando eu me casar..."

"Vamos, agora vá dormir... Você está todo sujo, sua calça nova também."

Naquela noite teve um sonho desagradável. Viu seu pai, que já morrera. Aproximando-se de Mark com um sorriso estranho no rosto pálido e coberto de suor, seu pai o pegou pelas axilas e começou a lhe fazer cócegas silenciosamente, violentamente, implacavelmente.

Só se lembrou do sonho após chegar à loja onde trabalhava, e isso porque um amigo, o jovial Adolf, deu-lhe uma cutucada nas costelas. Por um instante algo se abriu em sua alma, ficou momentaneamente imóvel sob o impacto da surpresa e se fechou de um golpe. Tudo então voltou a ficar fácil e límpido, as gravatas que exibia aos fregueses sorriam luminosamente em sintonia com sua felicidade. Sabia que se encontraria com Klara de noite — passava rápido em casa para jantar e logo depois ia vê-la... Outro dia, quando lhe dizia como teriam uma vida feita de aconchego e ternura, ela havia de repente caído no pranto. Naturalmente, Mark compreendeu que eram lágrimas de alegria (como ela própria tinha explicado): começou a rodopiar pelo quarto, a saia inflada como uma vela verde, e depois se plantou diante do espelho, alisando em gestos rápidos os cabelos lustrosos, cor de geléia de damasco. Tinha um quê atônito no rosto pálido, obviamente causado também pelo excesso de felicidade. Afinal de contas, era tão natural...

"Uma listrada? Mas sem dúvida."

Dando o nó na gravata em sua própria mão, girou-a lentamente para um lado e para o outro, tentando seduzir o freguês. Abriu com presteza outras caixas rasas de papelão...

Enquanto isso, sua mãe estava recebendo uma visita: *frau* Heise. Ela chegara sem aviso, as lágrimas correndo-lhe pelo rosto. Cautelosamente, como se tivesse receio de quebrar-se em pedacinhos, acomodou-se num tamborete na minúscula e imaculada cozinha onde *frau* Standfuss lavava os pratos. Pendurado na parede havia um porco bidimensional de madeira, sobre o fogão jazia uma caixa de fósforos entreaberta, com um palito queimado.

"Vim aqui lhe dar más notícias, *frau* Standfuss."

A outra mulher imobilizou-se, apertando um prato contra o peito.

"É sobre a Klara. Isso mesmo. Ela enlouqueceu. Aquele sujeito que alugava meu quarto voltou hoje — a senhora sabe, já lhe falei dele. E Klara ficou maluca. É, tudo isso aconteceu hoje de manhã... Ela não quer mais ver o seu filho... Aquele tecido que a senhora deu a ela para fazer um vestido novo vai ser devolvido. E trago uma carta para o Mark. Klara perdeu a cabeça. Não sei o que pensar..."

Entrementes, Mark havia terminado o trabalho e já voltava para casa. Adolf, com seu cabelo à escovinha, acompanhou-o até lá. Ambos pararam, trocaram um aperto de mãos e Mark empurrou com o ombro a porta, que se abriu para o hall fresco e deserto.

"Por que você vai para casa? Esquece isso. Vamos comer alguma coisa por aí, eu e você."

Adolf continuou parado, apoiando-se na bengala como se ela fosse um rabo.

"Esquece isso, Mark..."

Mark esfregou a bochecha com um gesto hesitante e depois sorriu.

"Está bem. Só que sou eu que estou convidando."

Meia hora depois, quando saiu do restaurante e se despediu do amigo, o clarão de um pôr-do-sol avermelhado inundava a vista do canal, enquanto mais ao longe, em meio à chuva que caía obliquamente, uma estreita tira de ouro marginava a ponte por onde desfilavam pequenas silhuetas negras.

Deu uma olhada no relógio e decidiu ir direto ver a noiva, sem parar em casa. Sua felicidade e a limpidez do ar deixavam-no algo tonto. Uma seta reluzente de cobre atingiu o sapato envernizado do elegante cavalheiro que descia de um carro. As poças que ainda não haviam acabado de secar, circundadas pela contusão arroxeada da umidade (os olhos vivos do asfalto), refletiam a suave incandescência do final de tarde. As casas continuavam cinzentas como sempre; no entanto, os telhados, as cornijas acima dos últimos andares, os pára-raios pintados de dourado, as cúpulas de pedra, as colunatas — que ninguém nota durante o dia, pois os passantes então raramente erguem os olhos — estavam agora banhados de um ocre suntuoso, o sopro cálido do poente, e por isso aquelas varandas, aqueles pilares e frisos, pareciam tão surpreendentes e mágicos, contrastando fortemente, por seu brilho fulvo, com as insípidas fachadas que ficavam abaixo.

"Ah, como eu estou feliz", Mark se dizia sem cessar, "como tudo a meu redor celebra minha felicidade."

Sentando-se no bonde, examinou os outros passageiros com ternura, com afeição. Mark tinha um rosto tão jovem, com espinhas rosadas no queixo, olhos prazenteiros e luminosos, a mecha rebelde de cabelo no cavado da nuca... Era de se imaginar que o destino poderia tê-lo poupado.

"Dentro de alguns minutos vou ver Klara", ele pensou. "Ela vai me receber na porta. E dirá que mal conseguiu sobreviver até a noite."

Teve um sobressalto. Havia perdido a parada onde deveria ter descido. Ao sair, tropeçou nos pés de um senhor gordo que lia uma revista médica; Mark pensou em se desculpar, tirando o chapéu, mas quase caiu: o bonde entrara guinchando numa curva. Agarrou-se a uma alça e conseguiu recuperar o equilíbrio. O homem recolheu lentamente as pernas curtas com um resmungo catarrento e amuado. Tinha um bigode cinza, as pontas repuxadas agressivamente para cima. Mark ofereceu-lhe um sorriso culpado e avançou até a frente do bonde. Agarrou o balaústre de ferro com as duas mãos, inclinou-se para fora, calculou o pulo. Abaixo dele o asfalto corria veloz, liso e brilhante. Mark saltou. Sentiu o calor da fricção nas solas dos sapatos quando suas pernas começaram a correr espontaneamente, os pés batendo no chão com involuntária ressonância. Várias coisas estranhas aconteceram ao mesmo tempo: da frente do bonde, que se afastava aos sacolejos, veio o grito estentóreo do motorneiro; o asfalto reluzente levantou-se de súbito como o assento de um balanço; uma massa tonitruante atingiu Mark pelas costas. Era como se tivesse sido atravessado da cabeça aos pés por um potente raio — e depois nada. Estava de pé, sozinho, em meio ao asfalto luzidio. Olhou em volta. Viu ali bem perto sua própria silhueta, as costas esguias de Mark Standfuss, que atravessava a rua na diagonal como se nada houvesse ocorrido. Pasmo, alcançou a si próprio com um ligeiro salto, e agora era ele mesmo que se aproximava da calçada, o corpo inteiro tomado por uma vibração que ia se extinguindo aos poucos.

"Que idiotice. Quase fui atropelado por um ônibus..."

A rua era larga e alegre. As cores do pôr-do-sol haviam invadido metade do firmamento. Uma luz magnífica banhava os andares mais altos e os telhados. Lá em cima, Mark avistava pórticos, frisos e afrescos translúcidos, treliças cobertas de rosas alaranjadas, estátuas aladas que erguiam aos céus liras cor de ouro, de uma resplandecência insuportável. Em ondulações refulgentes, etereamente, festivamente, essas maravilhas arquitetônicas iam ficando para trás na distância celeste, e Mark não compreendia como jamais reparara naquelas galerias, naqueles templos suspensos no ar.

Bateu dolorosamente com o joelho. Outra vez aquela cerca preta. Não pôde conter o riso ao reconhecer os caminhões do outro lado. Lá permaneciam, qual enormes ataúdes. O que esconderiam em seu interior? Tesouros? Esqueletos de gigantes? Ou empoeiradas montanhas de móveis suntuosos?

"Ah, tenho que dar uma olhada. Se não, Klara vai perguntar e eu não saberia dizer."

Empurrou com o ombro a porta de um dos caminhões e entrou. Vazio. Vazio, exceto por uma pequena cadeira com assento de palhinha bem no centro, fora de prumo, comicamente equilibrada sobre três pernas.

Mark deu de ombros e saiu pela outra extremidade do caminhão. Mais uma vez o ardente fulgor do fim de tarde derramou-se por sobre a rua. E agora estava diante do portão de ferro forjado que lhe era tão familiar, e mais além a janela de Klara, cortada por um ramo verde. Ela própria abriu o portão e ficou à espera, enquanto erguia os cotovelos nus e arranjava os cabelos. Os tufos ruivos sob suas axilas eram visíveis através da abertura das mangas curtas iluminadas pelo sol.

Rindo silenciosamente, Mark correu para abraçá-la. Apertou o rosto contra a seda verde e quente de seu vestido.

As mãos de Klara por fim pousaram sobre a cabeça dele.

"Fiquei tão sozinha o dia inteiro, Mark. Mas agora você está aqui comigo."

Ela abriu a porta e Mark se encontrou imediatamente na sala de jantar, que lhe pareceu desmesuradamente vasta e luminosa.

"Quando as pessoas se sentem tão felizes quanto nós agora", disse ela, "podem dispensar o hall de entrada." Klara pronunciou essas palavras num sussurro apaixonado, e Mark sentiu que elas tinham um significado especial, maravilhoso.

Na sala de jantar, em volta do oval branco como neve da toalha de mesa, estavam sentadas várias pessoas que Mark nunca vira na casa de sua noiva. Entre elas, Adolf, de tez morena e crânio quadrado; lá se encontrava também o velho barrigudo e de pernas curtas que lia uma revista médica no bonde, ainda agora resmungando.

Mark cumprimentou todos com um tímido aceno de cabeça e sentou-se ao lado de Klara, sentindo no mesmo instante, como havia pouco, que um relâmpago de dor atroz lhe traspassava o corpo de cima a baixo. Contorceu-se — e o vestido de Klara saiu flutuando, encolheu, transformou-se no quebra-luz verde de uma lâmpada. A lâmpada balançava, presa ao teto por um fio. Deitado embaixo dela, com aquela dor inconcebível que lhe triturava o corpo, Mark nada mais via além daquela lâmpada oscilante enquanto suas costelas lhe pressionavam o coração, impedindo-o de respirar, e alguém estava dobrando sua perna, esforçando-se para quebrá-la, mais um instante e ela se partiria. Conseguiu escapar, a lâmpada voltou a emitir aquela luz esverdeada, Mark se viu sentado ao lado de Klara, embora um pouco à parte; mas, no momento seguinte, já estava tocando com o joelho sua cálida saia de seda. E Klara soltava uma gargalhada, a cabeça jogada para trás.

Veio-lhe um forte desejo de contar o que havia acabado de acontecer e, dirigindo-se a todos os presentes — ao jovial Adolf, ao velho gordo e irascível —, conseguiu pronunciar a duras penas:

"O estrangeiro está oferecendo as preces antes mencionadas na beira do rio...".

Teve a impressão de que havia deixado tudo bem claro, e aparentemente todos haviam compreendido... Klara, fazendo beicinho, lhe deu um carinhoso beliscão na bochecha:

"Meu pobre queridinho. Vai dar tudo certo...".

Começou a sentir-se cansado e sonolento. Passou o braço em torno do pescoço de Klara, puxou-a para si e reclinou-se para trás. De pronto a dor mais uma vez se apoderou dele, e tudo ficou nítido.

Mark estava deitado de costas, mutilado e enfaixado, a lâmpada cessara de oscilar. O homem gordo com o bigode de pontas eriçadas, transformado agora num médico de avental branco, emitia pequenos grunhidos de preocupação enquanto examinava as pupilas dos olhos de Mark. E que dor!... Meu Deus, mais um instante e seu coração seria empalado numa costela, ia estourar... Meu Deus, a qualquer instante agora... Isso é ridículo. Por que Klara não está aqui...

O doutor franziu o cenho e estalou a língua.

Mark já não respirava, Mark havia partido — para onde, rumo a que outros sonhos, isso ninguém sabe dizer.

UM MAU DIA

Um mau dia (intitulado em russo "Obida", palavra que significa "injúria", "mortificação" etc.) foi escrito em Berlim no verão de 1931. Apareceu no jornal de emigrados *Poslednie Novosti* (Paris, 12 de julho de 1931) e foi incluído em minha coletânea *Soglyadatay* (Paris, 1938), que dediquei a Ivan Bunin. O garoto do conto, embora viva num meio bastante parecido ao de minha própria infância, distingue-se em muitos aspectos daquele que habita minha memória — e que aqui se encontra de fato repartido entre três rapazinhos: Peter, Vladimir e Vasilii.

Peter estava sentado na boléia da carruagem aberta, ao lado do cocheiro (não gostava muito daquele lugar, mas tanto o cocheiro quanto todos em casa achavam que era seu assento predileto, e ele, de sua parte, não queria ofender ninguém: portanto lá estava, um jovem de rosto pálido e olhos cinza, vestindo uma elegante blusa de marinheiro). Os dois cavalos pretos e bem nutridos, com suas ancas largas e luzidias e algo extraordinariamente feminino nas longas crinas, não paravam de sacudir as caudas de forma suntuosa enquanto seguiam num trote ondulante, e dava pena ver com que avidez, a despeito do movimento das caudas e do tremor das delicadas orelhas — e apesar também do forte cheiro de alcatrão do repelente que havia sido aplicado neles —, moscas cinzentas ou algum grande tavão de olhos salientes e lucilantes vinham se colar aos pêlos lustrosos.

Stepan, o cocheiro, um velho taciturno com um colete de veludo preto por sobre a camisa escarlate de corte tipicamente russo, tinha uma barba pintada e o pescoço bronzeado recoberto de finas gelhas. Peter se sentia sem jeito de ficar em silêncio na boléia; por isso, mantinha os olhos fixos no varal ou nos tirantes, tentando inventar uma pergunta perspicaz ou uma observação pertinente. De tempos em tempos, um dos cavalos erguia ligeiramente a cauda e, sob sua tensa raiz, um bulbo de carne se intumescia, expelindo uma pelota fulva, depois outra, e outra mais, após o que as dobras de pele escura voltavam a se fechar e a cauda era abaixada.

No interior da carruagem, de pernas cruzadas, estava sentada a irmã de Peter, uma jovem senhora de tez morena (embora só tivesse dezenove anos, já se havia divorciado do primeiro marido), usando um vestido claro, botas brancas de cano alto e bordas pretas e reluzentes, um chapéu de abas largas que lançava sobre seu rosto uma sombra rendada. Desde a manhã estava muito mal-humorada e agora, quando ele se voltou na direção dela pela terceira vez, apontou para Peter com a extremidade iridescente do pára-sol e lhe disse: "Por favor, pare de ficar se mexendo".

De início a estrada cortava um bosque. Esplêndidas nuvens, deslizando pelo céu azul, só faziam aumentar o brilho e a vivacidade daquele dia de verão. Olhando-se de baixo as copas das bétulas, a folhagem se assemelhava a uvas translúcidas, encharcadas de sol. Numa e noutra margem os arbustos expunham ao vento quente o pálido reverso de suas folhas. Luz e sombra salpicavam as profundezas da floresta, impedindo que se distinguissem os troncos das árvores dos espaços que as separavam. Aqui e ali, manchas de musgo resplandeciam em sublimes tons verde-esmeralda. Lânguidas samambaias desfilavam velozes, quase tocando as rodas da carruagem.

Surgiu à frente uma enorme carroça de feno, uma montanha verdoenga sarapintada de reflexos cintilantes. Stepan puxou as rédeas; a montanha inclinou-se para um lado, a carruagem para o outro — quase não havia espaço para ambas na estreita estrada de floresta — e os passageiros foram brindados com o cheiro penetrante de campos recém-ceifados, o rangido ponderoso das rodas e a visão fugidia de saudades e margaridas murchas em meio ao feno, até que Stepan estalou a língua, sacudiu as rédeas, e a carroça foi deixada para trás. Pouco depois o bosque se abriu e a carruagem entrou na estrada principal, vindo então os campos em que a colheita já terminara, o canto estridulante das cigarras nas valas, o zunir dos postes telegráficos. No momento seguinte iria aparecer a cidadezinha de Voskresensk e, alguns minutos mais tarde, chegariam ao destino.

"Fingir doença? Cair da boléia?", perguntou-se Peter, macambúzio, quando surgiram as primeiras isbás.

Seu short branco machucava-o na entreperna, os sapatos marrons massacravam-lhe os pés, pontadas de náusea subiam do estômago. A tarde que o esperava era opressiva, repugnante — mas inevitável.

Atravessavam agora o povoado e, de algum lugar por trás das cercas e dos casebres feitos de toros, um eco de madeira respondia ao martelar harmonioso dos cascos da parelha. No terreno argiloso que margeava a estrada, em meio a tufos de capim, jovens camponeses jogavam *gorodki* — lançando grossos bastões contra pequenas estacas de madeira, que voavam pelos ares com estrondo ao serem atingidas. Peter reconheceu o falcão empalhado e as esferas prateadas que enfeitavam o jardim do dono da vendinha local. Um cachorro saiu às carreiras por um portão, em absoluto silêncio — poupando a voz, por assim dizer —, e só depois de haver atravessado de um salto a vala e se aproximado da carruagem é que começou a latir furiosamente. Sacolejando em cima de seu pangaré peludo, cruzou com eles um campônio, os cotovelos bem afastados, a camisa (com um rasgão no ombro) inflada de vento.

Já saindo do povoado, num outeiro encimado por denso bosque de tílias, erguia-se uma igreja vermelha e, junto a ela, um mausoléu de pedra branca, que por sua forma piramidal fazia lembrar uma *paskha* de creme. Na curva do rio, que só agora se tornava visível, as plantas aquáticas formavam um brocado. Rente à estrada em declive acocorava-se uma oficina de ferreiro, em cuja parede alguém havia escrito a giz: VIVA A SÉRVIA! O som dos cascos de repente adquiriu uma tonalidade sonora, elástica, graças às tábuas da ponte sobre a qual passava a carruagem. Um velho pescador descalço estava dobrado por cima do parapeito, uma latinha reluzindo perto de seu tornozelo. Pouco depois o ruído dos cascos perdeu sua sonoridade: a ponte, o pescador e a curva do rio ficaram irremediavelmente para trás.

A carruagem rodava agora por uma estrada poeirenta, de terra fofa, entre dois renques de bétulas de troncos grossos. Dentro de um instante, sim, dentro de um instante assomaria no fundo do parque o telhado verde da mansão dos Kozlov. Peter sabia por experiência como tudo seria desagradável e repulsivo. Estava pronto a trocar sua nova bicicleta "Swift" — e mais o quê? —, bem, o arco de aço, por exemplo, e a pistola "Pugach" com todo o seu suprimento de espoletas, tudo isso para se ver de volta na propriedade da família, a dez verstas dali, e passar aquele dia de verão como todos os outros, em brincadeiras solitárias e maravilhosas.

Do parque chegava um odor úmido e sombrio de cogumelos e pinheiros. Apareceu enfim uma esquina da casa e a areia cor de tijolo em frente à varanda de pedra.

"As crianças estão no jardim", disse a sra. Kozlov quando Peter e sua irmã, tendo atravessado uma série de salas frescas, recendendo a cravos, chegaram à varanda principal, onde se encontravam reunidos vários adultos. Peter cumprimentou um por um, fazendo os devidos rapapés e tomando cuidado para não beijar por engano a mão de nenhum homem, como já havia acontecido certa vez. Sua irmã manteve o tempo todo a mão pousada sobre a cabeça dele — coisa que nunca fazia em casa. Sentou-se então numa poltrona de vime e demonstrou uma animação fora do comum. Todos começaram a falar ao mesmo tempo. A sra. Kozlov tomou Peter pelo pulso, desceu com ele os poucos degraus margeados de vasos de loureiros e oleandros, e, com ar de mistério, apontou na direção do jardim: "Você vai encontrá-los lá", ela disse; "Vá se juntar a eles". Dito isso, voltou para junto de seus convidados. Peter continuou de pé no último degrau.

Péssimo começo. Tinha agora de atravessar o terraço do jardim e entrar numa aléia pintalgada pelo sol onde vibravam vozes e cores. E teria de fazer esse trajeto sozinho, aproximando-se sempre, cada vez mais, enquanto penetrava gradualmente no campo de visão de muitos olhos.

Comemorava-se a festa do santo cujo nome fora dado ao filho mais velho da sra. Kozlov, Vladimir, um garoto vivaz e travesso, da idade de Peter. Lá estavam também o irmão de Vladimir, Constantine, e suas duas irmãs, Baby e Lola. Um *charabantchik* trouxera da propriedade vizinha os dois jovens barões Korff e a irmã deles, Tanya, uma bela menina de onze ou doze anos de pele cor de marfim, sombras azuis sob os olhos e uma trança negra presa por um laço branco acima do pescoço delicado. Além deles havia três escolares, em uniforme de verão, e Vasilii Tutchkov, primo de Peter, um rapazola robusto, bronzeado e bem-feito de corpo, de treze anos. As brincadeiras eram dirigidas por Elenski, estudante universitário e preceptor dos irmãos Kozlov, um jovem gorducho, de peito estufado e cabeça raspada. Usava uma *kosovorotka*, espécie de camisa que se abotoa no ombro. Um pincenê sem armação assentava-se sobre seu nariz, cujo corte severo, como se esculpido a cinzel, em nada se coadunava com a flacidez ovalada de seu rosto. Quando Peter finalmente se aproximou do grupo, Elenski e a garotada lançavam dardos num grande alvo de palha pintada, pregado ao tronco de um pinheiro.

Peter visitara os Kozlov pela última vez em São Petersburgo, durante a Páscoa, quando havia sido organizado um espetáculo de lanterna mágica. Enquanto um estudante cuidava do aparelho, Elenski lia em voz alta o poema de Lermontov sobre Mtsyri, o jovem monge que abandona seu convento no Cáucaso a fim de vagar pelas montanhas. No centro do círculo luminoso, projetado sobre um lençol úmido, aparecia uma imagem colorida (lá se imobilizando após uma incursão espasmódica): Mtsyri sendo atacado por um leopardo das neves. Elenski, interrompendo por um instante a leitura, apontava com um bastão curto o jovem monge e, depois, o leopardo em pleno salto; ao fazê-lo, o bastão tomava emprestadas as cores da imagem, que escorriam de volta para a tela quando Elenski o retirava. Cada cena era exibida durante um longo tempo, pois só havia uns dez diapositivos para dar conta de toda a interminável epopéia. Vez por outra Vasilii Tutchkov erguia a mão no escuro para alcançar o facho de luz, e cinco dedos pretos se espraiavam sobre a tela. Uma ou duas vezes o assistente inseriu a imagem ao contrário, fazendo com que a ilustração aparecesse de cabeça para baixo. Tutchkov caía na gargalhada, enquanto Peter se sentia embaraçado pelo estudante e, em geral, se esforçava para fingir que estava interessadíssimo na função. Foi naquela noite também que viu Tanya Korff pela primeira vez, mas desde então pensara nela com freqüência, imaginando que a salvava de um bando de assaltantes de estrada, enquanto Vasilii o auxiliava, admirando devotadamente sua coragem (dizia-se que Vasilii tinha um revólver de verdade em casa, com uma coronha de madrepérola).

Naquele momento, com as pernas trigueiras bem afastadas, a mão esquerda pousada displicentemente na correntinha de seu cinto de tecido (pendurado ao qual havia uma pequena bolsa de lona), Vasilii apontava o dardo na direção do alvo. Com um ágil impulso do braço, acertou a mosca, arrancando de Elenski um sonoro "bravo". Peter retirou o dardo com cuidado, caminhou tranqüilamente até o lugar antes ocupado por Vasilii, calmamente fez pontaria e acertou também o centro branco circundado de vermelho; mas ninguém testemunhou seu feito, pois a competição já terminara e todos estavam ocupados na preparação de outra brincadeira. Uma espécie de cômoda baixa tinha sido puxada até a aléia e plantada na areia. No seu tampo havia diversos buracos redondos e uma gorda rã de metal com a boca escancarada. O jogo consistia em atirar um disco de chumbo num dos buracos ou na bocarra pintada de verde. O disco caía, então, em compartimentos numerados nas prateleiras inferiores: a boca da rã valia quinhentos pontos; cada um dos buracos, cem ou menos, dependendo da distância a que se encontravam da *grenouille* (o jogo havia sido importado por uma governante suíça). Os participantes se revezavam, cada qual atirando vários discos, e os resultados eram laboriosamente anotados na areia. O negócio todo era bastante tedioso e, enquanto esperavam por sua vez, vários jogadores escaparam rumo aos densos arbustos de mirtilo sob as árvores do parque. Os frutinhos eram grandes, com uma fina camada aveludada encobrindo suas cascas azuis, que no entanto exibiam um brilho violáceo quando tocadas por dedos lambuzados de saliva. Peter, agachado e grunhindo baixinho, acumulava os pequenos bagos na mão em concha e depois transferia para a boca uma boa porção. Isso lhes dava ainda mais sabor. Às vezes uma folhinha denteada se misturava aos frutos na boca. Vasilii Tutchkov encontrou uma pequena lagarta, com tufos de pêlos multicores dispostos como numa escova de dentes, e calmamente a engoliu, conquistando a admiração geral. Um pica-pau martelava próximo dali; pesadas mamangabas zumbiam acima da vegetação rasteira e se arrastavam para dentro das pálidas e recurvadas corolas das campânulas boiardas. Da aléia vinha o ruído metálico dos discos e a voz estentórea de Elenski aconselhando alguém a continuar tentando. Tanya acocorou-se junto a Peter e, com uma expressão atenta no rosto muito branco, entreabrindo os lábios roxos e reluzentes, começou a tatear à cata dos frutinhos. Peter silenciosamente lhe ofereceu seu punhado de mirtilos, que Tanya aceitou de bom grado, fazendo com que ele iniciasse nova colheita para repetir a dose. Logo depois, porém, voltou a ser sua vez de jogar, e Tanya retornou correndo para a aléia, erguendo bem alto as pernas delgadas envoltas nas meias brancas.

A brincadeira da *grenouille* atingira o ápice da chatice. Alguns a abandonaram, outros continuaram a jogar descuidadamente; Vasilii Tutchkov, por seu lado, atirou uma pedra na rã de boca aberta e todos riram, exceto Elenski e Peter. O belo, charmoso e alegre Vladimir, cujo santo estava sendo festejado naquele dia, pediu então que brincassem de *palotchka-stukalotchka* ("bate-bate com o bastão"). Os irmãos Korff secundaram o pedido. Tanya pulou num pé só, aplaudindo.

"Não, não, crianças, impossível", disse Elenski. "Dentro de mais ou menos meia hora vamos fazer um piquenique; o trajeto é longo e pega-se facilmente um resfriado quando o corpo está quente depois de correr."

"Ah, por favor, por favor", gritou a garotada.

"Por favor", repetiu Peter baixinho depois que os outros se haviam calado, convencido de que conseguiria compartilhar um esconderijo com Vasilii ou com Tanya.

"Sinto-me obrigado a aceder à solicitação geral", disse Elenski, que tinha um estilo deveras rebuscado; "Não vejo, entretanto, o implemento necessário". Vladimir correu para apanhá-lo num canteiro de flores.

Peter encaminhou-se para um balanço no qual estavam encarapitados Tanya, Lola e Vasilii, que não parava de pular e bater com os pés no chão, fazendo com que a tábua rangesse a cada solavanco enquanto as meninas soltavam gritinhos tentando manter o equilíbrio.

"Vou cair, estou caindo!", exclamou Tanya, e tanto ela quanto Lola pularam no gramado.

"Você quer mais mirtilos?", perguntou Peter.

Ela balançou a cabeça, olhou de viés para Lola e, voltando a encarar Peter, acrescentou: "Eu e ela decidimos não falar mais com você".

"Mas por quê?", balbuciou Peter, ruborizando-se dolorosamente.

"Porque você é muito metido a besta", retrucou Tanya, montando de novo no balanço. Peter fingiu que estava profundamente absorto no exame de um montinho de terra preto e encrespado que uma toupeira fizera na borda da aléia.

Enquanto isso, um Vladimir ofegante havia trazido o "implemento necessário" — uma vareta verde e pontiaguda, daquelas que os jardineiros usam para escorar dálias e peônias, mas também muito parecida com a batuta de Elenski no espetáculo da lanterna mágica. Faltava decidir quem seria o "caçador".

"Um. Dois. Três. Quatro", começou Elenski num tom cômico, como se estivesse contando uma história, enquanto apontava a vareta para cada participante em sucessão. "O. Coelho.

Apareceu. Na porta. De sua. Casa. Um. Caçador (Elenski parou e deu um forte espirro). Vinha. Passando (o narrador reajeitou o pincenê). E sua. Espingarda. Fez bum. Bum. E. O. Pobre (as palavras foram ficando mais acentuadas e espaçadas). Coelhinho. Morreu. Lá."

O "lá" caiu em Peter. Mas todas as crianças cercaram Elenski, suplicando para que ele fosse o caçador. Gritavam em coro: "Por favor, por favor, vai ser muito mais divertido!".

"Muito bem, concordo", respondeu Elenski sem nem ao menos olhar para Peter.

No local onde a aléia desembocava no terraço do jardim havia um banco caiado de branco e já descascando em vários pontos, com um encosto de ripas também brancas e descascadas. Foi nesse banco que Elenski se sentou com a vareta verde nas mãos. Encolheu os ombros carnudos, fechou os olhos bem fechados e começou a contar em voz alta até cem, dando tempo aos participantes para se esconderem. Vasilii e Tanya, como se estivessem em conluio, desapareceram nas profundezas do parque. Um dos escolares uniformizados colocou-se astutamente detrás do tronco de uma tília, a apenas três metros do banco. Peter, após lançar um olhar tristonho em direção à sombra mosqueada dos arbustos, deu meia-volta e partiu no sentido contrário, rumo à casa; planejava montar sua emboscada na varanda — não na principal, obviamente, onde os adultos estavam tomando chá ao som de um gramofone com pavilhão de cobre que cantava em italiano, mas num balcão lateral que dava para o banco de Elenski. Por sorte, estava vazio. Os vitrais coloridos das gelosias do balcão se refletiam nos longos e estreitos divãs, forrados de um tecido de cor cinza-pombo com rosas estilizadas, que se alinhavam ao longo das paredes. Lá havia também uma cadeira de balanço e uma tigela de cachorro cujo conteúdo fora lambido até a última migalha, além de uma mesa coberta de oleado sobre a qual jaziam, solitários, os óculos de alguma pessoa idosa.

Peter esgueirou-se até a janela multicor e se ajoelhou numa almofada por trás da mureta branca. Dali podia ver um

Elenski cor-de-rosa-coral sentado num banco também rosa-coral sob as folhas rubi de uma tília. Segundo a regra da brincadeira, o "caçador", ao abandonar seu posto para tentar achar os jogadores escondidos, devia deixar o bastão para trás. A prudência, aliada a uma boa noção de espaço e velocidade, aconselhavam-no a não se afastar demais, pois de outro modo alguém sairia correndo do esconderijo e, alcançando o banco antes que o "caçador" pudesse retornar, daria as pancadas com a vareta anunciando sua vitória. O plano de Peter era simples: tão pronto Elenski terminasse a contagem e depositasse a vareta no banco, dirigindo-se para os arbustos onde ficavam os esconderijos mais prováveis, Peter dispararia da varanda até o banco e daria as batidas rituais com a vareta deixada sem proteção. Já havia passado meio minuto. De ombros curvados, um Elenski azul-claro estava sentado sob a folhagem azul-anil e batia com a ponta do pé na areia azul-prateada em compasso com os números que ia cantando. Como seria delicioso estar esperando assim, olhando através desse ou daquele losango colorido, se ao menos Tanya... Ah, por quê? O que é que ele tinha feito a ela?

Os vidros incolores eram muito menos numerosos que os outros. Um caminheiro cinza e branco, agitando a cauda, atravessou a areia cor de areia. Restos de teias de aranha nos cantos das gelosias. Na mureta, uma mosca morta, caída de costas. Um Elenski amarelo-claro levantou-se do banco dourado e deu uma pancada de advertência. No mesmo instante, a porta que ligava a varanda ao resto da casa se abriu e, da penumbra do interior, saiu primeiro um corpulento bassê marrom e, logo depois, uma velhinha de cabelos cinza, cortados bem curtos; usava um vestido preto bastante acinturado, com um broche em forma de trevo no busto e uma corrente que, contornando o pescoço, ia se prender ao relógio enfiado no cinto. Muito indolentemente, de lado, o cachorro desceu os degraus que levavam ao jardim. A velhota recolheu raivosamente os óculos que a haviam obrigado a ir até lá. De repente, notou o menino que se levantava de mansinho do lugar onde estivera sentado.

"*Priate-qui? Priate-qui?* ('pryatki', esconde-esconde)", disse ela com o cômico sotaque que as velhas senhoras francesas infligem à língua russa após meio século de vida em nosso país. "*Toute n'est caroche* ('tut ne khorosho', aqui não bom)", continuou, examinando com um olhar bondoso o rosto de Peter, que exprimia tanto seu embaraço com a situação quanto um apelo para que ela não falasse muito alto. "*Sichasse pocajou caroche messt*" ('seytchas pokaju khorochee mesto', já, já mostro um bom lugar).

Mãos nos quadris, um Elenski verde-esmeralda estava de pé em meio à areia verde-clara, olhando para um lado e para o outro. Temendo que a fala aguda e meticulosa da velha governante pudesse ser ouvida lá fora, e temendo mais ainda ofendê-la com uma recusa, Peter apressou-se em segui-la, embora se desse conta perfeitamente do rumo ridículo que as coisas estavam tomando. Segurando-o com firmeza pela mão, ela o conduziu através de uma série de aposentos, passando por um piano branco, uma mesa de jogo, um triciclo; e, como aumentava a variedade de objetos imprevistos — chifres de alce, estantes de livros, um pato de madeira numa prateleira —, ele compreendeu que estava sendo levado para o lado oposto da casa, tornando mais e mais difícil explicar, sem magoá-la, que a brincadeira por ela interrompida não consistia tanto em se esconder mas em esperar pelo momento em que Elenski se afastaria suficientemente do banco de modo a permitir que ele corresse até lá e desse as pancadas com a vareta, que desempenhava um papel tão importante no jogo!

Após cruzar todos aqueles aposentos, entraram num corredor, subiram uma escada e por fim atravessaram uma lavanderia banhada de sol, onde, junto à janela, uma mulher de face rosada fazia tricô sentada sobre uma arca: ela ergueu os olhos, sorriu e baixou as pálpebras, sem que as agulhas houvessem parado por um único segundo. A velha governante levou Peter até o quarto seguinte, onde havia um canapé de couro e uma gaiola vazia, além de um nicho escuro entre um enorme armário de mogno e um aquecedor de estilo holandês.

"*Votte* (aqui está)", disse a velha senhora; e, tendo-o empurrado carinhosamente na direção do esconderijo, regressou à lavanderia, onde, no seu russo estropiado, continuou a contar mexericos à simpática tricoteira, que vez por outra encaixava um maquinal "*Skajite pojaluysta*! ('Ora, não me diga!')".

Durante algum tempo Peter permaneceu cortesmente ajoelhado no absurdo esconderijo; depois se levantou, mas lá continuou de pé, olhando para o papel de parede com seus desinteressantes arabescos azul-celeste, para a janela, para a copa ondulante de um álamo varrido pelo sol. Podia ouvir o tique-taque roufenho de um relógio de parede, e aquele som o fazia lembrar várias coisas tristes e enfadonhas.

Passou-se um tempão. A conversa no quarto ao lado começou a afastar-se e finalmente se esvaiu ao longe. Agora tudo estava silencioso, com exceção do relógio. Peter emergiu de seu canto.

Correu escada abaixo, atravessou na ponta dos pés os aposentos (estantes, chifres de alce, triciclo, mesa de jogo azul, piano) e, na porta aberta que dava para a varanda, foi recebido por um tabuleiro de luz multicor e pelo velho cachorro voltando do jardim. Caminhou cautelosamente até a janela e escolheu um vidro incolor. Sobre o alvo banco repousava a vareta verde. Elenski não estava à vista — sem dúvida saíra andando, numa busca incauta, para além das tílias que margeavam a aléia.

Rindo de pura excitação, Peter desceu os degraus em dois saltos e disparou rumo ao banco. Estava correndo ainda quando notou um estranho vazio a seu redor. No entanto, mantendo o ritmo veloz, atingiu o banco e bateu três vezes no assento com a vareta. Um gesto vão. Ninguém apareceu. Manchas de sol palpitavam na areia. Uma joaninha subia pelo braço do banco, as pontas transparentes de suas asas, dobradas descuidadamente, aparecendo sob a pequena cúpula pontilhada.

Peter esperou um ou dois minutos, olhando furtivamente à sua volta, mas afinal se deu conta de que havia sido esquecido, de que ninguém se importara com a existência de um último jogador que continuava escondido, de que todos tinham partido sem ele para o piquenique. Aliás, o piquenique havia sido para ele a única promessa aceitável daquele dia: de certa maneira antegozara a ausência de adultos, a fogueira num claro da floresta, as batatas assadas, as tortas de mirtilo, o chá gelado nas garrafas térmicas. Agora, o piquenique lhe havia sido usurpado, mas podia resignar-se com tal privação. O que doía mesmo era outra coisa.

Peter engoliu dolorosamente em seco e, segurando ainda a vareta, perambulou de volta à casa. Os tios, as tias e seus amigos jogavam cartas na varanda principal; reconheceu o riso de sua irmã — um som desagradável. Contornou a casa, com a vaga idéia de que ali por perto haveria um laguinho coberto de lírios em cuja margem poderia deixar o lenço com seu monograma e o apito de prata preso por um fio branco, enquanto, sem ser notado, ele caminharia de volta à sua própria casa. De repente, próximo a uma bomba d'água, ouviu por trás de uma esquina uma explosão de vozes familiares. Lá estavam todos: Elenski, Vasilii, Tanya, seus irmãos e primos; cercavam um camponês que lhes mostrava um filhote de coruja que acabara de encontrar. A gorducha corujinha, com as penas castanhas mosqueadas de branco, não parava de mexer a cabeça de um lado para o outro, ou, melhor dizendo, seu disco facial, pois era impossível saber exatamente onde começava a cabeça e acabava o corpo.

Peter aproximou-se. Vasilii Tutchkov deu uma olhada na direção dele e disse para Tanya, com uma risadinha irônica:

"Aí vem o mascarado".

ARMOLES

"Lebeda" foi publicado pela primeira vez no jornal *Poslednie Novosti* (Paris, 31 de janeiro de 1932) e incluído posteriormente na coletânea *Soglyadatay* (Paris, editora Russkiya Zapiski, 1938). "Lebeda" ["armoles", em português] é a planta *Atriplex*. Seu nome em inglês — "*orache*" —, graças a uma coincidência milagrosa, traduz em sua forma escrita a "*ili beda*", "*or ache*" ["ou dor"], sugerida pelo título em russo. Através dos contornos redesenhados da história, os leitores de minha obra *Speak, memory* (Nova York, Putnam's, 1966)* reconhecerão muitos pormenores da última seção do capítulo nove. Em meio ao mosaico de ficção há algumas recordações reais que não constam de *Speak, memory*, tal como as passagens sobre o professor "Berezovski" (Berezin, um geógrafo então famoso), incluindo o confronto com o brigão da escola. O local é São Petersburgo; a época, por volta de 1910.

(*) Publicado no Brasil com o título *A pessoa em questão* (Companhia das Letras). (N. T.)

O cômodo mais espaçoso da mansão de sua família em São Petersburgo era a biblioteca. Antes de ser levado de carro para a escola, Peter passava por lá rapidamente para dar bom-dia a seu pai. Tintinar de aço e raspar de solas: todas as manhãs seu pai jogava esgrima com *monsieur* Mascara, um francês baixinho, já entrado em anos, feito de guta-percha e pêlos negros. Aos domingos, Mascara vinha dar aulas de ginástica e pugilismo a Peter — e quase sempre interrompia a lição devido a uma crise de dispepsia: atravessando passagens secretas, cânions de estantes, longos e escuros corredores, retirava-se durante meia hora para um dos banheiros do primeiro andar. Peter, com os punhos delgados e quentes enfiados nas enormes luvas de boxe, esperava esparramado numa poltrona de couro, escutando o ligeiro zumbido do silêncio e piscando os olhos para espantar a sonolência. A luz das lâmpadas, que nas manhãs de inverno parecia sempre adquirir um tom fulvo e embaçado, refletia-se no linóleo do chão, nas prateleiras que cobriam as paredes, nas lombadas indefesas dos livros que nelas se acotovelavam em renques cerrados, na forca negra da qual pendia um *punching-ball* em forma de pêra. Do outro lado das grossas vidraças uma neve fofa caía sem cessar, lenta, densa, com uma espécie de graça monótona e estéril.

Pouco tempo antes, na escola, o professor de geografia, Berezovski (autor de um opúsculo intitulado *Tchao-San, a terra da manhã: A Coréia e os coreanos, incluindo treze ilustrações e um mapa*), cofiando sua barbicha negra, havia informado toda a turma, inesperada e inoportunamente, de que Mascara dava aulas particulares de boxe a ele e a Peter. Todos os olhares convergiram para Peter. A vergonha fez com que seu rosto ficasse rubro, até mesmo algo intumescido. No intervalo seguinte, Chtchukin — o mais forte, mais violento e mais atrasado de seus colegas — aproximou-se dele e disse com uma risadinha de galhofa: "Vamos lá, me mostre se você sabe mesmo lutar boxe". "Me deixe em paz", respondeu Peter baixinho. Chtchukin emitiu um grunhido nasal e atingiu Peter abaixo do estômago. Peter enfureceu-se. Com um direto de esquerda, tal como ensinado por *monsieur* Mascara, tirou sangue do nariz de Chtchukin. Uma pausa de estupefação, manchas vermelhas num lenço. Recobrando-se do pasmo, Chtchukin atirou-se sobre Peter e começou a surrá-lo. Embora seu corpo inteiro doesse, Peter se sentiu feliz. O sangue continuou a correr do nariz de Chtchukin durante a aula de história natural, parou na de aritmética e voltou, num filete, enquanto assistiam à aula de religião. Peter acompanhou tudo aquilo com vivo interesse.

Naquele inverno, a mãe de Peter havia levado Mara para Menton. Mara tinha certeza de que estava morrendo de tuberculose. A ausência da irmã — uma mocinha desagradável, de espírito cáustico — em nada entristeceu Peter, mas ele não conseguia resignar-se com a partida de sua mãe; sentia uma terrível falta dela, sobretudo à noite. Nunca via muito seu pai, sempre ocupado num lugar que chamavam de Parlamento (onde, alguns anos antes, o teto havia desabado). Havia algo também que se chamava Partido Kadet, que nada tinha a ver com cadetes. Muitas vezes Peter era obrigado a jantar no andar de cima com a srta. Sheldon — que tinha cabelos negros e olhos azuis, e usava uma gravata de tricô com listras transversais sobre sua volumosa blusa —, enquanto lá embaixo, perto dos cabides monstruosamente inchados do vestíbulo, acumulavam-se uns cinqüenta pares de galochas; e, se ele passasse do vestíbulo para o pequeno aposento ao lado, com o divã turco forrado de seda, de repente escutaria — quando ao longe algum lacaio abrisse uma porta — um clamor cacofônico, o alarido digno de um jardim zoológico e a voz distante mas distinta de seu pai.

Numa lúgubre manhã de novembro, Dmitri Korff, que compartilhava com Peter uma carteira na escola, tirou da pasta de couro malhado uma revisteca satírica e deu-a para que ele lesse. Numa das primeiras páginas havia um cartum — em que predominava o verde — representando o pai de Peter e acompanhado de uns versinhos. Passando os olhos pelas linhas, Peter fixou-se num fragmento do meio:

V syom stolknovenii nestchastnom
Kak dzentelmen on predlagal
Revolver, sablyu il' kinjal.

(Em tal contenda desafortunada,
Como bom cavalheiro ele propôs
Revólver, sabre ou espada.)

"É verdade?", perguntou Dmitri num sussurro (a aula estava começando). "O que é que você quer dizer com verdade?", Peter retrucou baixinho. "Vocês dois aí, falem baixo", interrompeu Aleksey Matveitch, o professor de russo, que tinha cara de mujique e um defeito de fala, além de um indefinível e desmazelado tufo de pêlo acima do lábio leporino e pernas incríveis envoltas numas calças mal-ajambradas; ao andar, seus pés se embaralhavam — o direito pisava no lugar onde devia ter pisado o esquerdo e vice-versa —, mas, apesar disso, ele se deslocava com grande rapidez. Encontrava-se agora sentado à sua mesa e folheava um pequeno caderno de notas; logo depois seus olhos se fixaram numa carteira distante, de trás da qual, como uma árvore que algum faquir fizesse crescer por um passe de mágica, Chtchukin se erguia lentamente.

"O que é que você quer dizer com verdade?", Peter sussurrou de novo, mantendo a revista sobre os joelhos e olhando de esguelha para Dmitri. Dmitri chegou-se mais para perto dele. Enquanto isso, Chtchukin, cabelo cortado à escovinha, usando uma blusa russa de sarja preta, estava começando pela terceira vez, com um misto de entusiasmo e desespero: "Mumu... a história de Turguenev, Mumu...". "Esse troço aí sobre o teu pai", respondeu Dmitri em voz baixa. Aleksey Matveitch bateu na mesa tão violentamente com o *Jivoe Slovo* (uma antologia escolar) que uma caneta saltou e foi cair de ponta no chão. "O que é que está se passando aí? Que tanto vocês dois cochicham?", gritou o professor, cuspindo as palavras de modo incoerente. "De pé, de pé... Korff, Chichkov... O que é que vocês estão fazendo aí?" Avançou e apoderou-se agilmente da revista. "Então vocês estão lendo essa imundície... sentem-se, sentem-se... imundície." Guardou na sua pasta o produto da pilhagem.

Peter foi então chamado ao quadro-negro e o professor lhe mandou escrever o primeiro verso de um poema que supostamente deveria ter aprendido de cor. Escreveu:

... uzkoyu mejoy
Poroschey kachkoyu... ili bedoy

(... ao longo de uma estreita orla invadida
de trevos... ou dor...)

Ouviu-se então um grito tão dissonante que Peter deixou cair o pedaço de giz:

"O que é que você está rabiscando aí? Por que escreveu *bedoy*? É *lebedoy*, armoles, uma planta trepadeira! Onde é que você anda com a cabeça? Volte para seu lugar!"

"E então, é verdade?", sussurrou Dmitri aproveitando um momento oportuno. Peter fingiu que não ouvira. Era incapaz de fazer cessar o frêmito que lhe percorria o corpo; em sua mente ecoava ainda o verso sobre o "revólver, sabre ou espada"; continuava a ver diante dos olhos a caricatura angulosa e verde-clara de seu pai, aqueles pontos em que, por negligência dos impressores, a cor ultrapassava o contorno do corpo ou não chegava a atingi-lo. Ainda havia pouco, antes de ser trazido para a escola, o tintinar de aço, o raspar de solas... seu pai e o mestre de esgrima, ambos usando máscaras de metal e protetores acolchoados no peito... Tudo aquilo havia se tornado tão habitual — os gritos guturais do francês, *rompez, battez!*, os movimentos vigorosos de seu pai, os floreios e tinidos dos floretes... Uma pausa: arfando e sorrindo, ele havia removido a máscara convexa do rosto afogueado, coberto de suor.

A aula terminou. Aleksey Matveitch levou a revista. Branco como giz, Peter permaneceu sentado onde estava, levantando e baixando o tampo da carteira. Os colegas, com uma curiosidade mesclada de deferência, juntaram-se à sua volta, pressionando-o para que fornecesse mais detalhes. Nada sabendo, ele tentou descobrir alguma coisa através da enxurrada de perguntas. Tudo o que conseguiu saber é que Tumanski, outro membro do Parlamento, havia ofendido a honra de seu pai, que por isso o desafiara para um duelo.

Houve mais duas aulas intermináveis, depois foi a vez do recreio principal, com batalhas de bolas de neve. Sem nenhuma razão, Peter começou a rechear suas bolas com terra gelada, coisa que nunca fizera antes. Durante as aulas que se seguiram, Nussbaum, o professor de alemão, se aborreceu e gritou com Chtchukin (que estava de azar naquele dia), e Peter, sentindo um espasmo na garganta, pediu para ir ao banheiro — a fim de não cair no pranto diante de todos. Lá, solitária junto à pia, estava pendurada uma toalha incrivelmente suja, incrivelmente pegajosa — mais precisamente o cadáver de uma toalha que havia sido triturada por muitas mãos úmidas e apressadas. Durante um minuto ou mais Peter ficou se olhando no espelho, o melhor modo de evitar que seu rosto se dissolvesse numa careta de choro.

Perguntou-se se não deveria ir para casa antes das três, a hora habitual, mas enxotou essa idéia da cabeça. Autocontrole, o lema era autocontrole! A tempestade na sala de aula havia amainado. Chtchukin, com as orelhas em fogo mas absolutamente calmo, voltara a seu lugar e lá estava sentado, de braços cruzados.

Ainda uma aula — e então a enfática campainha final, que se distinguia das anteriores por ser mais longa e mais rouca.

Enfiando rapidamente as botas, o casaco curto de pele e a *chapska* com protetores para as orelhas, Peter atravessou correndo o pátio, penetrou na saída em forma de túnel e pulou por cima da soleira do portão. Como não tinham mandado o carro para buscá-lo, teve de tomar um trenó de aluguel. O cocheiro, de nádegas estreitas e costas retas, aboletado meio de banda no assento baixo, tinha uma maneira excêntrica de instigar o cavalo: fingia que ia puxar o chicote de dentro da bota de cano longo ou esboçava com a mão um gesto de boas-vindas, que não era dirigido a ninguém em particular, e nesse momento o trenó saltava para a frente, fazendo chocalhar a caixa de lápis na mochila de Peter. Tudo isso era sombriamente opressivo, aumentando sua ansiedade, e grandes flocos de neve, de formatos irregulares, como se modelados às pressas, começaram a cair sobre a surrada coberta do trenó.

Em casa, desde a partida de sua mãe e da irmã, as tardes eram silenciosas. Peter subiu as largas escadarias de degraus baixos. No segundo patamar, sobre uma mesa de malaquita verde, havia um prato de cristal onde eram postos os cartões de visita e acima do qual se erguia uma réplica da Vênus de Milo — em que seus primos certa vez haviam pespegado um manto de pelúcia e um chapéu ornado de cerejas artificiais, após o que ela ficou se parecendo com Praskovia Stepanovna, uma viúva empobrecida que nos fazia uma visita no primeiro dia de cada mês. Peter chegou ao último andar e chamou pela governante. Mas *miss* Sheldon tinha uma convidada para o chá, a governanta inglesa dos Veretennikov. *Miss* Sheldon mandou-o preparar os deveres de casa para a manhã seguinte. Sem se esquecer de lavar as mãos e tomar seu copo de leite. A porta dela foi fechada. Sentindo-se sufocado por uma horrível ansiedade, tão espessa quanto uma camada de algodão, Peter ficou algum tempo à toa no quarto de brinquedos e depois desceu ao segundo andar para dar uma olhada no escritório de seu pai. O silêncio ali era insuportável. Quebrou-o de repente um ruído seco — a queda de uma pétala recurva de crisântemo. Sobre a escrivaninha monumental, os objetos familiares, com seu brilho discreto, estavam perfeitamente dispostos numa ordem cósmica, qual planetas: as fotografias emolduradas, um ovo de mármore, um tinteiro majestoso.

Peter passou para o quarto de vestir de sua mãe e dali para a sacada envidraçada, onde ficou um bom tempo olhando para fora através de um caixilho alongado. Naquela hora e naquela latitude, já era quase noite. Flocos de neve revoluteavam em torno dos globos de luz lilás. Lá embaixo desfilavam quase indistintas as silhuetas negras dos trenós, seus passageiros encurvados. Talvez amanhã de manhã? Sempre acontece de manhã, bem cedinho.

Desceu para o andar térreo. Uma vastidão silenciosa e deserta. Na biblioteca, com uma pressa nervosa, acendeu a luz e expulsou as trevas. Acomodando-se num recesso junto a uma das estantes, tentou ocupar a mente com o exame dos enormes volumes encadernados do *Jivopisnoe obozrenie*, uma revista ilustrada. A beleza masculina depende de uma barba esplêndida e de um suntuoso bigode. Desde menina eu já sofria com as espinhas no rosto. Acordeão de concerto Pleasure, com vinte registros e dez válvulas. Um grupo de padres e uma igreja de madeira. Um desenho com a legenda "Estrangeiros": um cavalheiro entediado diante de sua escrivaninha, tendo atrás dele, de pé, uma senhora com o pescoço envolto numa estola de plumas no momento em que enfia a luva, mantendo os dedos bem afastados. Já vi esse volume. Retirou outro e imediatamente foi confrontado com a imagem de um duelo entre dois italianos armados de espadas: um investe impetuoso, o outro se esquiva do bote e traspassa a garganta de seu oponente. Peter fechou com estrondo o pesado volume e se imobilizou, apertando a cabeça entre as mãos como o faria um adulto. Tudo era assustador: o silêncio, as estantes imóveis, os halteres reluzentes em cima de uma mesa de carvalho, os fichários negros. Cabeça baixa, atravessou rápido como uma flecha os aposentos sombrios. De volta ao quarto de brinquedos, espichou-se num divã e lá ficou deitado até que *miss* Sheldon se recordasse de sua existência. Das escadas veio o som do gongo anunciando o jantar.

Enquanto vinha descendo seu pai saiu do escritório na companhia do coronel Rozen, que fora noivo da jovem irmã do pai de Peter, morta havia muito tempo. Não ousou olhar para o pai e, quando a larga palma veio pousar sobre a têmpora do filho, emitindo o calor familiar, Peter ruborizou-se quase a ponto de chorar. Era impossível, insuportável, que aquele homem, a melhor pessoa do mundo, fosse duelar contra algum obscuro Enigmanski. Usando que armas? Pistolas? Espadas? Por que ninguém fala sobre isso? Será que os criados sabem? A governante? Mamãe, em Menton? À mesa, o coronel pilheriava como sempre, com seu jeito seco e abrupto, como se estivesse quebrando nozes; porém nessa noite, em vez de rir, Peter enrubescia repetidas vezes; tentava ocultá-lo deixando cair de propósito o guardanapo a fim de controlar-se calmamente debaixo da mesa e retomar sua cor normal, mas emergia ainda mais vermelho do que antes e seu pai erguia as sobrancelhas — para depois, rindo, sem pressa, com sua tranqüilidade característica, executar o ritual do jantar, bebendo cuidadosamente o vinho da caneca baixa de ouro. O coronel Rozen continuava a fazer piadas. *Miss* Sheldon, que não sabia uma única palavra de russo, mantinha-se calada, empinando o peito severo; mas, sempre que Peter curvava as costas, dava-lhe uma odiosa cutucada embaixo das omoplatas. De sobremesa, um *parfait* de pistache — que ele detestava.

Terminado o jantar, seu pai e o coronel subiram para o escritório. Peter tinha um ar tão estranho que seu pai perguntou: "O que é que há? Por que você está com essa cara amuada?". E, milagrosamente, Peter conseguiu responder numa voz clara: "Não, não estou com cara amuada". *Miss* Sheldon levou-o para a cama. Tão pronto a luz se apagou, enfiou a cara no travesseiro. Onegin tirou a capa, Lenski desabou sobre as tábuas como um saco negro. Dava para se ver a ponta da espada saindo por trás do pescoço do italiano. Mascara gostava de contar a *rencontre* que tivera na juventude: meio centímetro mais abaixo, e o fígado teria sido perfurado. E o dever escolar para amanhã não foi feito, e a escuridão no quarto é absoluta, e ele vai ter de acordar cedo, bem cedinho, melhor não fechar os olhos se quero mesmo acordar a tempo — a coisa sem dúvida está marcada para amanhã. Ah, vou faltar à escola, vou faltar, digo que... garganta inflamada. Mamãe só volta no Natal. Menton, cartões-postais azuis. Tenho que pregar o último no meu álbum. Já encaixei um canto, o outro...

Peter acordou como de hábito por volta das oito e, como de hábito, ouviu um barulho ressoante: era o criado encarregado da fornalha ao abrir um registro de tiragem. Com os cabelos ainda úmidos após um banho apressado, Peter desceu as escadas e encontrou seu pai lutando boxe com Mascara como se fosse um dia comum. "Garganta inflamada?", disse ele, repetindo as palavras de Peter. "É, como se estivesse arranhando", falou Peter baixinho. "Olhe aqui, você está mesmo dizendo a verdade?" Peter compreendeu que qualquer explicação complementar seria arriscada: as comportas estavam a ponto de ceder, liberando uma vergonhosa torrente. Deu meia-volta em silêncio e logo depois estava sentado na limusine, a mochila no colo. Sentia-se enjoado. Tudo era horrível e irremediável.

Sabe-se lá como, conseguiu chegar atrasado para a primeira aula e, embora tivesse ficado um bom tempo com a mão erguida por trás da porta envidraçada da sala, não lhe foi dada permissão de entrar; vagou pelo hall e depois se encarapitou no peitoril de uma janela com a vaga idéia de fazer os deveres, mas não foi muito além do: "... de trevos e de armoles...", e pela milésima vez começou a imaginar como tudo aconteceria — em meio ao nevoeiro de uma gélida madrugada. Como é que ele poderia descobrir o dia combinado? Como se informar dos detalhes? Se já estivesse no último ano — não, até mesmo no penúltimo —, poderia ter sugerido: Deixe eu tomar o seu lugar.

Por fim soou a campainha. Uma turba barulhenta encheu o salão de recreio. De repente ouviu, bem pertinho, a voz de Dmitri Korff: "E então, está contente? Está contente?". Peter olhou-o com tristonha perplexidade. "O Andrey, lá embaixo, tem um jornal", disse Dmitri, excitado. "Vem, ainda dá tempo, você vai ver... Mas o que há? Se eu fosse você..."

No vestíbulo, sentado em seu tamborete, o velho porteiro estava lendo. Levantou os olhos e sorriu. "Está tudo aqui, tudo escrito aqui", disse Dmitri. Peter tomou o jornal e conseguiu decifrar através de um véu trêmulo: "Ontem, no início da tarde, na ilha Krestovski, G. D. Chichkov e o conde A. S. Tumanski se bateram em duelo, que felizmente terminou sem derramamento de sangue. O conde Tumanski, que deu o primeiro disparo, errou o alvo, ao que seu adversário descarregou a pistola para o ar. Os segundos foram...".

E então as comportas se romperam. O porteiro e Dmitri Korff tentaram acalmá-lo, mas ele os afastava, sacudido por espasmos, o rosto oculto, não conseguia respirar, nunca antes havia derramado tantas lágrimas, não conta para ninguém, por favor, simplesmente não estou passando muito bem, tenho uma dor aqui — e de novo um tumulto de soluços.

O RETORNO DE TCHORB

Publicado pela primeira vez em dois números do jornal de emigrados russos *Rul'* (Berlim), em 12 e 13 de novembro de 1925. Republicado na coletânea *Vozvrachtchenie tchorba*, Berlim, Slovo, 1930.

Uma versão em inglês feita por Gleb Struve ("The return of Tchorb", de Vladimir Sirin)* apareceu na antologia *This quarter* (volume IV, nº 4, junho de 1932) publicada em Paris por Edw. W. Titus. Relendo essa versão quarenta anos depois, fiquei triste ao ver que era demasiado insípida na forma e imprecisa demais na substância para servir a meus propósitos atuais. Retraduzi o conto inteiramente em colaboração com meu filho.

Foi escrito não muito depois que terminei o romance *Machenka* (Mary),** constituindo um bom exemplo de minhas primeiras composições. Passa-se numa pequena cidade da Alemanha meio século atrás. Noto que a estrada entre Nice e Grasse, onde imaginei a pobre sra. Tchorb caminhando, não tinha sido ainda pavimentada por volta de 1920 e era coberta de poeira branca. Eliminei os pesados nome e patronímico da mãe dela, Varvara Klimovna, que não teriam nenhum significado para meus leitores anglo-americanos.

(*) Pseudônimo usado pelo autor ao longo dos muitos anos em que escreveu em russo, conquanto seu nome verdadeiro fosse conhecido de todos. (N. T.)

(**) Publicado no Brasil com o mesmo título (Companhia das Letras) em tradução feita pelo autor desta nota. (N. T.)

O casal Keller saiu da ópera tarde da noite. Naquela pacífica cidade alemã, onde o próprio ar parecia um pouco embaciado e por mais de sete séculos uma sucessão de ondinhas transversais havia sombreado delicadamente o reflexo da catedral, Wagner era servido sem pressa, permitindo que a platéia se empanturrasse com doses generosas de sua música. Terminado o espetáculo, Keller levou a esposa para uma boate elegante, renomada por seu vinho branco. Passava de uma hora da manhã quando o carro do casal, com as luzes internas petulantemente acesas, atravessou veloz as ruas sem vida para depositá-los diante da grade de ferro da casa pequena mas digna em que moravam. Keller, um velho alemão atarracado, muito parecido com Oom Paul Kruger, foi o primeiro a pisar na calçada, onde as sombras convolutas das folhas se agitavam sob a luz cinza do lampião. Por um instante, o peito de sua camisa engomada e os vidrilhos que adornavam o vestido de sua mulher refletiram a luz enquanto ela libertava uma perna gorda e, por sua vez, também descia do carro. A empregada recebeu-os no vestíbulo e, movida ainda pelo impacto da notícia, contou-lhes num murmúrio assustado que Tchorb tinha estado lá. O rosto gorducho de *frau* Keller, cujo eterno frescor era bem característico de sua linhagem de comerciantes russos, tremelicou e ficou rubro de agitação.

"Ele disse que ela estava doente?"

A empregada murmurou ainda mais rápido. Keller tateou com a palma carnuda os cabelos grisalhos, cortados à escovinha, e um franzir de cenho veio escurecer o rosto largo e algo simiesco, com um longo lábio superior e dobras profundas de cada lado.

"Simplesmente me recuso a esperar até amanhã", resmungou *frau* Keller sacudindo a cabeça enquanto girava pesadamente no mesmo lugar, tentando pegar a ponta do véu que cobria sua peruca castanho-avermelhada. "Vamos para lá agora mesmo. Ah, meu Deus, meu Deus! Não é de estranhar que não chegasse nenhuma carta havia mais de um mês."

Keller abriu de um golpe a cartola e disse em seu russo preciso, embora ligeiramente gutural:

"Esse homem é um louco. Como tem a ousadia, se ela está doente, de levá-la outra vez para aquele hotel vagabundo?".

Mas, obviamente, estavam errados ao pensar que a filha deles se encontrava enferma. Tchorb tinha dito isso à empregada unicamente porque era mais fácil de pronunciar. Na verdade, ele havia retornado sozinho do exterior e apenas agora se dava conta de que, gostasse ou não, teria de explicar como sua mulher tinha morrido e por que nada escrevera aos sogros. Era tudo muito difícil. Como poderia explicar que desejava guardar só para si o sofrimento, sem poluí-lo com substâncias alheias e sem compartilhá-lo com nenhuma outra alma? A morte dela lhe parecia uma ocorrência de todo rara, quase inaudita; nada, achava ele, poderia ser mais puro que aquela morte causada por uma corrente elétrica, a mesma que, se vertida em receptáculos de vidro, produz a mais pura e mais brilhante das luzes.

Desde aquele dia de primavera em que, na estrada branca, a doze quilômetros de Nice, ela havia tocado, rindo, no fio do poste derrubado por uma tempestade, o mundo inteiro de Tchorb deixara de soar como um mundo; retirara-se de imediato, e mesmo o corpo morto que ele carregara nos braços até a cidadezinha mais próxima lhe deu a impressão de ser algo estranho e inútil.

Em Nice, onde ela teve de ser enterrada, o padre tísico e desagradável ficou pressionando-o em vão para obter maiores detalhes: Tchorb limitava-se a responder com um sorriso lânguido. Passou o dia todo sentado na praia de cascalho, pegando pedrinhas coloridas e deixando que escoassem de uma das mãos para a outra; e então, de súbito, sem esperar pelo funeral, viajou de volta à Alemanha.

Atravessou, no sentido inverso, todos os lugares que haviam visitado juntos durante a viagem de lua-de-mel. Na Suíça, onde tinham passado o inverno e onde as macieiras estavam agora na derradeira floração, só reconheceu os hotéis. Quanto à Floresta Negra, que haviam cruzado a pé no outono anterior, o friozinho da primavera não sustou o fluxo das memórias. E assim como, na praia do Mediterrâneo, tentara reencontrar aquele extraordinário seixo preto e redondo com uma faixa branca e regular no centro, que ela por acaso lhe mostrara na véspera do último passeio, agora fazia o possível para localizar todas as coisas na beira da estrada que retinham os pontos de exclamação deixados por ela: a silhueta especial de uma escarpa, a cabana encimada de telhas que mais pareciam escamas de um cinza-prateado, o pinheiro negro e a ponte para pedestres acima de uma torrente branca, e algo que se poderia interpretar como uma espécie de prefiguração fatídica: a trama radiada de uma teia de aranha, cravejada de gotículas de neblina, suspensa entre dois fios telegráficos. Ela lhe fazia companhia: suas pequenas botas caminhavam rapidamente e as mãos nunca paravam de mover-se, aqui arrancando a folha de um arbusto, ali acariciando um paredão de rocha ao passar, mãos leves e sorridentes que jamais repousavam. Ele via seu pequeno rosto coberto de sardas escuras, os olhos alongados cuja cor, um verde-pálido, era idêntica à dos cacos de vidro polidos pelas ondas do mar. Pensava que, se conseguisse recolher todas as pequenas coisas em que haviam reparado juntos — se assim recriasse o passado tão próximo —, a imagem dela se tornaria imortal e a substituiria para sempre. As noites, contudo, eram insuportáveis. Sua presença irracional o imbuía então de repentino terror. Quase não dormiu durante as três semanas de viagem — e agora, narcotizado pela fadiga, descia do trem na estação que, no outono anterior, tinha sido o ponto de partida da tranqüila cidade onde a havia conhecido e se casado.

Eram umas oito da noite. Mais além das casas, a torre da catedral recortava-se nitidamente em negro na faixa vermelha e dourada do poente. Na praça da estação, os mesmos fiacres decrépitos aguardavam em fila. Com sua voz cava, o vendedor de jornais emitia os gritos crepusculares de sempre. O mesmo *poodle* preto, de olhar apático, levantava uma perna magra junto à coluna coberta de cartazes, exatamente ali onde em letras escarlates se anunciava a estréia de *Parsifal*.

A bagagem de Tchorb consistia numa valise e num baú amarelo. Atravessou a cidade num fiacre. Com uma das mãos o cocheiro sacudia indolentemente as rédeas, enquanto com a outra mantinha o baú seguro na boléia. Tchorb lembrou-se de que aquela cujo nome não mais pronunciava tinha especial predileção por andar em carruagens de aluguel.

Numa ruela que desembocava na esquina da ópera municipal, erguia-se um velho hotel de três andares cuja reputação era bastante duvidosa e onde os quartos podiam ser alugados por semana ou por hora. A pintura negra das paredes havia descascado, formando desenhos geográficos; cortinas de renda esfarrapadas cobriam suas janelas sombrias; a despretensiosa porta de entrada nunca era trancada à chave. Um lacaio pálido mas jovial conduziu Tchorb por um corredor tortuoso, cheirando a umidade e a repolho cozido, até um quarto que — graças à imagem, pendurada acima da cama, de uma rósea *baigneuse* numa moldura dourada — ele reconheceu como sendo aquele em que havia passado a primeira noite com sua mulher. Tudo então era motivo de riso para ela: o homem gordo em mangas de camisa que vomitava em pleno corredor, o fato de terem escolhido ao acaso um hotel tão abjeto, a presença de um belo fio de cabelo louro na pia do banheiro; mas o que mais a divertia era o modo pelo qual haviam escapado da casa dela. Tão logo voltaram da igreja, ela subiu correndo para o quarto a fim de mudar de roupa, enquanto no andar de baixo os convidados se reuniam para a ceia. Seu pai, numa casaca de tecido muito resistente, um sorriso frouxo no rosto simiesco, dava tapinhas no ombro desse ou daquele homem e enchia ele próprio os copinhos de conhaque. Sua mãe, enquanto isso, levava as amigas mais próximas, duas a duas, para inspecionar o quarto destinado ao jovem casal: com terna emoção, aos sussurros, apontava para o colossal edredom, as flores de laranjeira, os dois pares de chinelos novos em folha — os grandes de tecido axadrezado, os pequenos de cetim vermelho com pompons — que alinhara no tapete junto à cama, no qual se lia em letras góticas: "Juntos até o túmulo". Logo depois, quando todos se aproximaram da mesa de *hors-d'œuvres*, Tchorb e sua mulher, após brevíssima consulta, fugiram pela porta dos fundos e só na manhã seguinte, meia hora antes da partida do trem expresso, reapareceram para recolher a bagagem. *Frau* Keller soluçara a noite toda; seu marido, que sempre encarara Tchorb (um emigrado russo sem centavo e metido a literato) com certa desconfiança, agora maldizia a escolha feita pela filha, o custo das bebidas e a polícia local, que nada fizera. E várias vezes, após a partida de Tchorb, o velho foi ver o hotel na ruela atrás da ópera, o edifício negro e empedernido se tornando para ele um objeto de asco e atração tal qual a lembrança de um crime.

Tchorb ficou olhando a gravura rosada enquanto a grande mala era trazida para dentro. Fechada a porta, inclinou-se sobre a mala e a destrancou. Num canto do quarto, por trás de uma tira despregada do papel de parede, um camundongo arrastou as patas no assoalho e depois passou correndo como um brinquedinho de rodas. Tchorb deu meia-volta, sobressaltado. A lâmpada presa ao teto por um fio oscilou ligeiramente, a sombra do fio deslizando por sobre o divã verde e se partindo ao chegar à beira da almofada. Foi ali que ele dormira na noite de núpcias. Na cama de casal ela respirava com o ritmo regular de uma criança. Naquela noite a havia beijado uma só vez — no vão da garganta —, e isso fora tudo em matéria de atividade sexual.

O camundongo entrara outra vez em ação. Há pequenos ruídos que são mais assustadores do que um tiroteio. Tchorb deixou o baú de lado e caminhou pelo quarto. Uma mariposa atingiu a lâmpada, que respondeu com um tinido metálico. Tchorb abriu a porta de repelão e saiu.

Descendo a escada se deu conta de como estava cansado e, ao chegar à ruela, o azul vaporoso da noite de maio fez com que se sentisse tonto. Dobrando no bulevar, caminhou mais rápido. Uma praça. A estátua de pedra que representava algum herói militar. A massa sombria do parque da cidade. Os castanheiros estavam agora em flor. Então era outono. Tinha dado um longo passeio com ela na véspera do casamento. Como era bom o cheiro de terra, de umidade, quase mesmo de violetas, que se desprendia das folhas mortas espalhadas pela calçada! Naqueles dias encantadores de tempo encoberto, o céu era de um branco-fosco e, em meio ao asfalto negro, as pequenas poças que refletiam os galhos lembravam uma fotografia mal revelada. As mansões de pedras cinzentas eram separadas pela folhagem terna e imóvel das árvores que se amareleciam; diante da casa dos Keller, as folhas de um álamo já murcho haviam adquirido a tonalidade de uvas transparentes. Viam-se também algumas bétulas por trás das grades do portão, seus troncos agasalhados por espessas camadas de hera. Tchorb fez questão de lhe dizer que na Rússia isso não acontecia, ao que ela observou que os tons castanho-avermelhados de suas minúsculas folhas pareciam delicadas manchas de ferrugem numa toalha passada a ferro. Carvalhos e castanheiros ladeavam as calçadas; os pontos em que suas cascas negras haviam apodrecido se assemelhavam a um manto de veludo verde; vez por outra uma folha se soltava e atravessava a rua voando como um pedaço de papel de embrulho. Ela tentava apanhá-las em pleno vôo com uma pá de brinquedo que achara junto a um monte de tijolos rosados onde havia um conserto na rua. Mais adiante, da chaminé de um caminhão de trabalhadores subia em diagonal uma fumaça cinza-azulada que se dissolvia entre as ramagens — e um operário na sua hora de descanso, uma das mãos no quadril, ficou contemplando a jovem que, tão leve quanto uma folha morta, dançava com a pequena pá na mão erguida. Ela ria, saltitava de um lado para o outro. Tchorb, curvando um pouco os ombros, caminhava atrás dela — e lhe parecia que a própria felicidade tinha aquele cheiro, o cheiro de folhas mortas.

Agora, mal reconhecia a rua, atravancada com a opulência noturna dos castanheiros. Um lampião brilhava em frente à casa; na ponta do galho que se debruçava sobre o poste, várias folhas, saturadas de luz, eram totalmente translúcidas. Aproximou-se. A sombra do portão, com seu desenho quadriculado fora de esquadro, subiu da calçada para enredar-lhe os pés. Por trás do portão e de um sombrio caminho de cascalho erguia-se a fachada da casa que lhe era tão familiar, às escuras com exceção de uma janela aberta de par em par. Dentro daquela fenda cor de âmbar, a empregada, com um largo gesto dos braços, estava estendendo sobre a cama um lençol branco como a neve. Tchorb a chamou num tom forte e brusco. Com uma das mãos agarrava ainda o portão — e o contato de sua palma com o ferro umedecido pelo orvalho foi a memória mais vívida que guardou.

A empregada já vinha correndo em sua direção. Como contou mais tarde para *frau* Keller, o que de imediato a impressionou foi o fato de que Tchorb havia continuado de pé na calçada, sem dizer uma palavra, embora ela houvesse prontamente destrancado o portão. "Estava sem chapéu", relatou, "e a luz do lampião iluminou sua testa coberta de suor, e o cabelo estava grudado na cabeça também por causa do suor. Eu disse que o senhor e a senhora tinham ido ao teatro. Perguntei por que ele estava sozinho. Os olhos dele brilhavam muito, seu olhar me deixou apavorada, dava a impressão de que não fazia a barba havia muito tempo. Aí falou baixinho: 'Diga a eles que ela está doente'. Eu perguntei: 'Onde é que o senhor está hospedado?'. Ele disse: 'No mesmo lugar de antes', e aí continuou: 'Isso não interessa. Volto aqui amanhã de manhã'. Sugeri que ele esperasse, mas não respondeu e foi embora."

E assim Tchorb retornou à própria fonte de suas recordações, uma prova tão angustiante quanto venturosa, que agora chegava ao fim. Tudo o que restava era apenas uma única noite a ser passada no primeiro quarto que haviam compartilhado depois de casados; e amanhã, terminada a prova, a imagem dela se tornaria perfeita.

Porém, ao voltar com passos arrastados para o hotel, subindo o bulevar onde, na obscuridade azulada, cada banco era ocupado por figuras indistintas, Tchorb de repente entendeu que, apesar da exaustão, seria incapaz de dormir sozinho naquele quarto, com a lâmpada nua e os cantos cheios de murmúrios. Alcançou a praça e seguiu arrastando os passos pela avenida principal — sabendo agora o que devia ser feito. Sua busca, contudo, tomou um longo tempo: tratava-se de uma cidadezinha casta, e Tchorb desconhecia a viela secreta onde se podia comprar o amor. Só depois de vagar às cegas durante uma hora, os ouvidos zumbindo, os pés ardendo, entrou no beco certo, onde imediatamente se aproximou da primeira moça que acenou para ele.

"A noite toda", disse Tchorb, praticamente sem descerrar os dentes.

A moça inclinou a cabeça para o lado, balançou a bolsa e respondeu: "Vinte e cinco".

Ele fez que sim. Só muito mais tarde, tendo lhe lançado um olhar casual, Tchorb notou com indiferença que ela era bastante bonita, embora consideravelmente gasta, e que os cabelos, bem curtos, eram louros.

Como ela já tinha estado várias vezes naquele hotel com outros fregueses, o lacaio pálido e de nariz pontudo, que vinha descendo saltitante a escada enquanto eles subiam, lhe deu um piscar de olhos amigável. Ao caminharem pelo corredor, Tchorb e ela ouviram, por trás de uma das portas, o ranger rítmico e pesado de uma cama, como se um toro de madeira estivesse sendo serrado ao meio. Alguns passos adiante, o mesmo ranger monótono veio de outro quarto, fazendo com que a moça olhasse para Tchorb com uma expressão de falsa jovialidade.

Sem dizer uma palavra, ele a fez entrar no seu quarto — e, já antecipando com prazer um sono profundo, logo começou a tirar o colarinho preso à camisa por um botão. A moça chegou bem perto dele:

"E que tal um presentinho?", sugeriu sorrindo.

Sonhadoramente, distraidamente, Tchorb a contemplou, só aos poucos compreendendo o que ela queria dizer.

Recebidas as notas, guardou-as com todo o cuidado na bolsa, soltou um pequeno suspiro e outra vez se roçou nele.

"Quer que eu tire a roupa?", perguntou, sacudindo os cabelos curtos.

"Quero, vá para a cama", resmungou Tchorb. "De manhã dou mais."

Começando a desabotoar rapidamente a blusa, a moça ficou olhando para ele de soslaio, perturbada por seu alheamento, por sua melancolia. Ele tirou as roupas num segundo, de forma descuidada, entrou na cama e se virou para a parede.

"Esse sujeito deve ser daqueles que gostam de coisas anormais", pensou vagamente a moça. Com gestos lentos, dobrou a blusa e a colocou numa cadeira. Tchorb já dormia a sono solto.

A moça vagou pelo quarto. Notou que a tampa da mala junto à janela estava ligeiramente aberta; acocorando-se, conseguiu dar uma olhada por baixo da borda da tampa. Piscando, esticando o braço nu, apalpou um vestido e uma meia de mulher, retalhos de seda — tudo isso amontoado de qualquer maneira e exalando um perfume tão delicioso que a fez se sentir triste.

Pouco depois se levantou, bocejou, coçou a coxa e, assim como se encontrava, nua mas calçando ainda as meias, abriu a cortina da janela. Por trás da cortina, os batentes estavam abertos e podia se ver nas profundezas aveludadas uma esquina da ópera, o ombro negro de um Orfeu de pedra recortado no azul da noite e uma fileira de luzes ao longo da fachada sombria, que mergulhava de través na escuridão. Lá embaixo, bem ao longe, pequenas silhuetas negras saíam aos magotes dos pórticos bem iluminados e desciam as escadarias semicirculares, rumo às quais deslizavam, com seus tetos lisos e luzidios, os carros de faróis acesos. Somente quando todos partiram e as lâmpadas se apagaram ela voltou a fechar a cortina. Desligou a luz e estendeu-se na cama ao lado de Tchorb. Pouco antes de cair no sono reparou com certa surpresa que já estivera uma ou duas vezes naquele quarto: lembrava-se do quadro cor-de-rosa na parede.

Seu sono não durou mais do que uma hora: um urro medonho e profundo a despertou. Era Tchorb que gritava. Havia acordado pouco depois da meia-noite e, virando-se na cama, deparara com sua mulher deitada junto a ele. Soltou um grito horrível, com uma força visceral. O fantasma branco de uma mulher pulou para fora da cama. Quando, tremendo, ela acendeu a luz, Tchorb estava sentado em meio aos lençóis amarfanhados, as costas contra a parede, e entre seus dedos se podia ver um olho que ardia com um brilho insano. Ele então descobriu lentamente o rosto, lentamente reconheceu a moça. Murmurando alguma coisa, apavorada, ela se apressava em vestir a blusa.

Tchorb soltou um suspiro de alívio ao se dar conta de que a provação terminara. Caminhou até o sofá verde e lá ficou sentado, as mãos segurando as canelas cabeludas, contemplando a prostituta com um sorriso insensato. Aquele sorriso só fez aumentar o terror que ela sentia; virou-se de costas, prendeu um último colchete, deu o laço nas botas e ocupou-se em ajeitar o chapéu.

Nesse momento, um ruído de vozes e passos chegou do corredor.

Dava para se ouvir a voz do lacaio repetindo em tom pesaroso: "Mas olhem aqui, há uma senhora com ele". Enquanto uma voz gutural e irritada repetia: "Mas estou lhe dizendo que ela é minha filha".

Os passos cessaram diante da porta. Seguiu-se uma batida.

A moça pegou a bolsa em cima da mesa e abriu resolutamente a porta. Encontrou-se frente a frente com um velho cavalheiro atônito, usando uma cartola de tecido fosco, um botão de pérola reluzindo sobre a camisa engomada. Por cima de seu ombro, viu o rosto inchado pelo choro de uma gorda senhora com um véu que lhe cobria os cabelos. Atrás dos dois, o lacaio pálido e magricela fazia um grande esforço para manter-se na ponta dos pés, arregalando os olhos e acenando de forma convidativa. A moça compreendeu seus sinais e, disparando para o corredor, passou pelo velho, que virou a cabeça para acompanhá-la com o mesmo esgar de estupefação e depois cruzou o umbral da porta seguido por sua companheira. A porta se fechou. A moça e o lacaio permaneceram no corredor. Trocaram olhares assustados e inclinaram a cabeça para ouvir melhor. Mas no quarto reinava um silêncio absoluto. Parecia incrível que lá dentro estivessem três pessoas. Nenhum som vinha de lá.

"Ninguém fale nada", sussurrou o lacaio, trazendo o dedo aos lábios.

O PASSAGEIRO

"Passajir" foi escrito em Berlim no início de 1927, publicado no jornal *Rul'* (Berlim, 6 de março de 1927) e incluído na coletânea *Vozvrachtchenie tchorba*, de V. Sirin (Slovo, Berlim, 1930). Uma tradução para o inglês, feita por Gleb Struve, apareceu no *Lovat Dickson's Magazine*, editado por P. Gilchrist Thompson (com meu nome na capa assim grafado: V. Nobokov [*sic*]-Sirin), volume 2, número 6, Londres, junho de 1934. Foi reproduzido em *A century of Russian prose and verse from Puchkin to Nabokov*, editado por O. R. e R. P. Hughes e G. Struve, com cada página do texto original acompanhado pela respectiva tradução (Nova York, Harcourt, Brace, 1967). Não pude utilizar a versão de Struve neste volume pelas mesmas razões que me fizeram descartar sua tradução de "O retorno de Tchorb" (ver a introdução a esse conto).

O "escritor" no conto não é um auto-retrato, e sim a imagem genérica de um autor razoavelmente inteligente. O "crítico", contudo, é o esboço amistoso de um companheiro de exílio, Yuliy Ayhenvald, o bem conhecido crítico literário (1872-1928). Os leitores de então reconheceram seus gestos precisos e delicados, bem como sua predileção por frases eufonicamente geminadas nas resenhas que escrevia. No final do conto, todos parecem ter se esquecido do palito de fósforo queimado dentro do copo de vinho — coisa que hoje eu não teria permitido que acontecesse.

"É, a vida tem mais talento do que nós", suspirou o escritor, batendo a ponta de papelão de seu cigarro russo na tampa da caixa. "As tramas que a Vida às vezes inventa! Como podemos competir com tal deusa? Suas obras são intraduzíveis, indescritíveis."

"Todos os direitos reservados pelo autor", sugeriu o crítico, sorrindo; tratava-se de um homem modesto, míope, com dedos finos e nervosos.

"Por isso, nosso último recurso consiste em trapacear", continuou o escritor, jogando distraidamente um palito de fósforo no copo de vinho vazio do crítico. "Tudo o que nos resta é tratar suas criações como um produtor de cinema trabalha com um romance famoso. O produtor tem de evitar que as empregadinhas se aborreçam nas noites de sábado; por isso, altera o romance até que ele se torne irreconhecível; corta a história em pedacinhos, vira ao avesso, despreza centenas de episódios, introduz novos personagens e incidentes que ele próprio inventa — e tudo isso com o propósito exclusivo de permitir que um filme capaz de divertir se desenvolva sem nenhum obstáculo, punindo a virtude no começo e o vício no fim, um filme perfeitamente natural no contexto de suas próprias convenções e, acima de tudo, dotado de uma resolução inesperada mas que soluciona todos os problemas. Nós, os escritores, fazemos exatamente o mesmo, modificando os temas da Vida a fim de que nos sirvam para alcançar uma espécie de harmonia convencional, um certo tipo de concisão artística. Usamos alguns truques pessoais para dar sabor a nossos plágios insossos. Achamos que os enredos da Vida são demasiadamente impetuosos, demasiadamente irregulares, que seu gênio é indisciplinado demais. Para satisfazer nossos leitores, dividimos os romances desenfreados da Vida em historiazinhas bem-comportadas para uso de escolares. Permita-me, a esse respeito, relatar-lhe a seguinte experiência.

"Eu estava viajando no vagão-dormitório de um trem expresso. Adoro o processo de me instalar numa cabine — os lençóis frescos da cama-beliche, a lenta passagem das luzes da estação quando começam a se mover por trás da janela escura. Lembro-me de como estava feliz por não haver ninguém no leito de cima. Despi-me, deitei-me de costas, as mãos cruzadas sob a cabeça, e a leveza do pífio cobertor fornecido pela companhia ferroviária era uma delícia quando comparada com o peso sufocante dos edredons de hotel. Após ficar cismando por algum tempo — naquela época estava ansioso para escrever um conto sobre a vida das mulheres que fazem a limpeza dos vagões-leitos —, apaguei a luz e caí no sono imediatamente. E aqui me permitirei aplicar um recurso que reaparece com monótona freqüência no tipo de história a que a minha promete pertencer. Aí vai — o velho expediente que você deve conhecer muito bem: 'No meio da noite, de repente acordei'. O que se segue, contudo, é algo menos trivial. Acordei e vi um pé."

"Me desculpe, viu o quê?", interrompeu o modesto crítico, inclinando-se para a frente e levantando um dedo.

"Vi um pé", repetiu o escritor. "A cabine estava agora iluminada. O trem havia parado numa estação. Era o pé de um homem, um pé de bom tamanho, calçando uma meia ordinária em que a unha azulada do dedão havia aberto um buraco. Estava solidamente plantado num degrau da escada, pertinho de meu rosto, e seu proprietário, oculto pelo leito que me servia de teto, fazia um último esforço para se içar por cima da borda. Tive todo o tempo do mundo para inspecionar aquele pé enfiado na meia cinza com losangos pretos, e também parte da perna: o 'v' violeta da liga ao longo da carnuda panturrilha, os cabelinhos que escapavam de forma repugnante por entre as malhas da ceroula. Em resumo, tratava-se de um membro dos mais repelentes. Enquanto eu olhava, ele se retesou, o obstinado dedão se mexeu uma ou duas vezes; por fim, toda a perna tomou um impulso vigoroso e desapareceu de meu campo de visão. Lá de cima vieram grunhidos e fungadas que me fizeram concluir que o homem se preparava para dormir. A luz se apagou e, alguns momentos depois, o trem arrancou com um solavanco.

"Não sei como lhe explicar isso, mas aquela perna me angustiou, me causou um sentimento de opressão. Um réptil elástico e multicor. Perturbou-me o fato de que tudo o que conhecia do homem era aquele membro de aparência malévola. Seu corpo, seu rosto, nunca cheguei a vê-los. Seu leito, que formava um teto baixo e escuro acima de mim, agora parecia ter se aproximado ainda mais; quase sentia seu peso. Por mais que me esforçasse para imaginar o aspecto de meu companheiro de viagem noturno, não conseguia visualizar nada mais do que aquela unha protuberante, com seu brilho azulado de madrepérola através do buraco na meia de lã. À primeira vista, pode parecer estranho que essas insignificâncias me perturbassem, mas, pensando melhor, todo escritor não é justamente uma pessoa que se preocupa com tais ninharias? Seja como for, o sono não vinha. Continuei ouvindo — será que meu companheiro desconhecido havia começado a roncar? Aparentemente não roncava, e sim gemia. Como é bem sabido, o martelar das rodas do trem à noite costuma induzir alucinações auditivas; no entanto, eu não conseguia evitar a impressão de que lá do alto, acima de mim, chegavam sons de uma natureza incomum. Levantei o corpo, apoiando-me num cotovelo. Os sons se tornaram mais distintos. O homem no leito superior estava soluçando."

"Como assim?", interrompeu o crítico. "Soluçando? Compreendo. Desculpe, não havia entendido bem suas palavras." E, deixando que suas mãos pousassem de novo sobre as pernas, inclinando a cabeça de lado, o crítico continuou a ouvir o narrador.

"Isso mesmo, estava soluçando, e seus soluços eram atrozes. Quase o sufocavam. Ele expulsava o ar dos pulmões ruidosamente, como se tivesse bebido de um gole um litro d'água, e depois se seguiam rápidos espasmos de choro com a boca fechada — a horrível paródia de uma gargalhada —, e mais uma vez ele aspirava o ar e o deixava escapar soltando breves soluços, a boca agora aberta a julgar pelos sons agudos que emitia. E tudo isso contra o pano de fundo dos solavancos, do martelar das rodas, que se transformavam numa escada rolante pela qual seus soluços subiam e desciam. Fiquei imóvel, ouvidos atentos, e senti, aliás, que meu rosto no escuro tinha um ar tremendamente abobalhado, pois é sempre embaraçoso ouvir um estranho soluçar. E, note bem, eu me encontrava irremediavelmente acorrentado a ele pelo simples fato de compartilharmos uma cabine de dois leitos num trem que seguia veloz e imperturbável. E ele não parava de chorar, aqueles soluços horrendos e laboriosos me perseguindo; nós dois — eu embaixo, que ouvia, e ele em cima, que chorava — avançando de lado pelas profundezas da noite a oitenta quilômetros por hora, e só um desastre ferroviário poderia romper nosso vínculo involuntário.

"Após algum tempo, pareceu-me que ele havia parado de chorar, mas, quando eu estava prestes a cair no sono, os soluços voltaram ainda mais fortes, e tive mesmo a impressão de ouvir palavras ininteligíveis pronunciadas com uma espécie de voz cava, sepulcral, entremeando suspiros convulsivos. Voltou a ficar em silêncio, limitando-se a fungar um pouco, e eu continuei deitado, de olhos fechados, sem poder afastar a imagem do pé repulsivo enfiado naquela meia com losangos pretos. Sabe-se lá como, consegui ferrar no sono; às cinco e meia, o camareiro abriu a porta com um repelão para me acordar. Sentado na cama — e batendo com a cabeça a cada minuto contra a borda do leito superior —, vesti-me às pressas. Antes de sair para o corredor com minhas malas, virei-me para dar uma olhadela no leito de cima, mas o homem estava deitado de costas para mim e cobrira a cabeça com o lençol. Já era manhã no corredor, o sol acabara de raiar, a sombra fresca e azul do trem corria por sobre o capim e os arbustos, esgueirava-se sinuosa pelas curvas em aclive, tropeçava nos troncos das bétulas cintilantes; um pequeno açude oblongo brilhou com uma luz ofuscante no meio de um campo, depois se estreitou, transformou-se numa fenda prateada e, com um rápido fragor, uma casinha passou voando, a cauda de uma estrada se encolheu num átimo sob a barreira de uma passagem de nível — e mais uma vez a fileira de incontáveis bétulas sarapintadas pelo sol deslizou vertiginosamente.

"As únicas pessoas no corredor eram duas mulheres — seus rostos ainda inchados de sono e pintados com negligência, além de um velhinho de boné e luvas de camurça. Detesto acordar cedo: para mim, o mais arrebatador amanhecer do mundo não é capaz de substituir algumas horas de delicioso sono matinal; por isso, limitei-me a responder com um aceno mal-humorado quando o velho me perguntou se eu também ia descer em..., mencionando uma grande cidade aonde deveríamos chegar dentro de dez ou quinze minutos.

"De repente as bétulas se dispersaram, e meia dúzia de casas escorreu por uma colina, algumas das quais, na sua pressa irrefletida, escaparam por pouco de serem atropeladas pelo trem; depois, uma grande fábrica de paredes vermelho-arroxeadas se aproximou a passos largos, acendendo e apagando os vidros de suas janelas; um fabricante de chocolate nos saudou de um anúncio com dez metros de comprimento; seguiu-se outra fábrica, com suas chaminés e seus vidros cintilantes; em suma, aconteceu o que costuma acontecer quando chegamos às cercanias de uma cidade. Mas, de súbito, para nossa surpresa, o trem freou convulsivamente e parou numa desolada estaçãozinha suburbana que, pelas aparências, não merecia a presença de um expresso. Também achei surpreendente que vários policiais estivessem esperando na plataforma. Baixei uma janela e me debrucei para fora. 'Feche a janela, por favor', disse com toda a cortesia um dos homens. Os passageiros no corredor demonstraram alguma agitação. Um camareiro passou e lhe perguntei o que estava ocorrendo. 'Há um criminoso no trem', respondeu ele, explicando rapidamente que, na cidade onde havíamos parado durante a noite, um crime fora cometido na véspera: um marido traído tinha matado a tiros sua mulher e o amante. As senhoras exclamaram 'Ach!', o velho senhor sacudiu a cabeça. Dois policiais e um detetive gorducho, de bochechas rosadas e chapéu-coco, que mais parecia um *bookmaker*, entraram no corredor. Pediram-me que voltasse para minha cabine. Os policiais permaneceram no corredor enquanto o detetive visitou um compartimento após o outro. Mostrei-lhe meu passaporte. Seus olhos castanho-avermelhados deslizaram sobre meu rosto; devolveu o passaporte. Ficamos de pé, eu e ele, naquela cabine estreita em que, no beliche de cima, uma figura dormia em seu casulo escuro. 'O senhor pode sair', disse o detetive, estendendo o braço em direção às sombras do leito superior: 'Seus documentos, por favor'. O homem envolto nas cobertas continuou a roncar. Demorando-me no umbral da porta, ouvi ainda aqueles roncos e tive a impressão de perceber em meio a eles o eco sibilante dos soluços noturnos. 'Por favor, acorde', disse o detetive, levantando a voz; e, com uma espécie de sacudidela profissional, puxou a beirada do cobertor à altura da nuca do dorminhoco. O homem se mexeu mas continuou a roncar. O detetive sacudiu-o pelo ombro num gesto bem repugnante. Virei-me de costas e olhei para a janela do outro lado do corredor, porém na verdade não a vi, pois toda a minha atenção estava concentrada no que se passava dentro da cabine.

"E, imagine, não ouvi nada de anormal. O homem no leito de cima murmurou sonolento alguma coisa, o detetive claramente pediu seu passaporte, claramente lhe agradeceu, saiu e caminhou para outro compartimento. Isso foi tudo. Mas pense como teria sido bom — do ponto de vista do escritor, naturalmente — se o passageiro soluçante, com aquele pé maligno, provasse ser um assassino, como suas lágrimas teriam sido explicadas de forma adequada e, o que é mais importante, como tudo aquilo se encaixaria belamente na moldura de minha viagem noturna, a moldura de um conto. No entanto, parece que o plano do Autor, o plano da Vida, nesse caso como em todos os outros, era cem vezes mais interessante."

O escritor suspirou e se calou, dando uma tragada no cigarro que se apagara havia muito tempo e cuja ponta estava agora toda mastigada, coberta de saliva. O crítico o contemplava com um olhar de simpatia.

"Confesse", voltou a falar o escritor, "que, a partir do momento em que mencionei a polícia e a parada imprevista, você teve a certeza de que meu passageiro soluçante era um criminoso."

"Conheço seu estilo", disse o crítico, tocando o ombro de seu interlocutor com a ponta dos dedos e, num gesto que lhe era característico, retraindo a mão no mesmo instante. "Se você estivesse escrevendo uma história de detetive, seu vilão provaria ser não aquela pessoa de que nenhum dos personagens suspeita, mas a pessoa de quem todos na história desconfiam desde o início, ludibriando assim o leitor experiente que está acostumado às soluções que não parecem óbvias. Sei muito bem que você gosta de criar uma impressão de algo inesperado utilizando os desfechos mais naturais. Mas não se deixe levar por seu próprio método. Há muito na vida que é obra do acaso, e muito também que é incomum. Ao Verbo é dado o direito sublime de enriquecer o acaso e de fazer do transcendental algo que não é acidental. A partir do presente caso, dessa dança do destino, você poderia ter criado um conto bem estruturado se houvesse feito de seu companheiro de trem um assassino."

O escritor suspirou de novo.

"Sim, sim, isso me ocorreu. Poderia ter acrescentado vários detalhes. Teria aludido à paixão que ele sentia por sua mulher. Todas as invenções são possíveis. O problema é que estamos no escuro — talvez a Vida tivesse em mente algo de todo diferente, algo muito mais sutil e profundo. O problema é que não soube, e nunca saberei, por que o passageiro estava chorando."

"Vou interceder em favor do Verbo", disse o crítico mansamente. "Você, como um escritor de ficção, deveria ao menos ter imaginado uma solução brilhante: seu personagem estava chorando talvez porque houvesse perdido a carteira de dinheiro na estação. Conheci um sujeito, um homem adulto de aparência marcial, que chorava, ou antes, se desfazia em pranto, quando tinha uma dor de dente. Não, não, obrigado — não ponha mais. Já chega, chega mesmo."

A CARTA QUE NUNCA CHEGOU À RÚSSIA

Em algum momento durante o ano de 1924, na Berlim dos emigrados, iniciei um romance intitulado experimentalmente *Felicidade* (*Stchastie*), do qual certos elementos importantes foram aproveitados, sob outro ângulo, em *Machenka*, escrito na primavera de 1925 e publicado por Slovo (Berlim, 1925), traduzido para o inglês sob o título *Mary* em 1970 (Nova York, McGraw-Hill) e reproduzido em russo, a partir do texto original, por Ardis Press e McGraw-Hill em 1974. Por volta do Natal de 1924, tinha prontos dois capítulos de *Stchastie*, mas então, por algum motivo já esquecido mas sem dúvida excelente, eliminei o primeiro e a maior parte do segundo. O que restou foi um fragmento representando uma carta escrita em Berlim para minha heroína, que permanecera na Rússia. Foi isso que apareceu no *Rul'* (Berlim, 29 de janeiro de 1925) sob o título "Pis'mo v Rossiyu" ("Carta para a Rússia") e, mais tarde, na coletânea *Vozvrachtchenie Tchorba* (Berlim, 1930). Como uma tradução literal poderia ser ambígua, o título teve de ser modificado.

Minha adorável, querida e distante amiga, presumo que, nesses mais de oito anos que vem durando nossa separação, você não pode ter esquecido nada se consegue lembrar até mesmo do guarda grisalho, em seu uniforme azul-celeste, que não nos perturbava nem um pouquinho quando, tendo feito gazeta, nós nos encontrávamos numa daquelas gélidas manhãs de São Petersburgo no museu Suvorov, tão poeirento e tão pequeno que mais parecia uma caixa de rapé glorificada. Com que ardor nos beijávamos detrás de um granadeiro de cera! E depois, quando escapávamos daquela poeira veneranda, como éramos ofuscados pelo fulgor prateado do parque Tavritcheski, e como era estranho ouvir os grunhidos ávidos, guturais e entusiastas dos soldados que, a uma voz de comando, deslizavam pelo chão gelado e enfiavam suas baionetas no ventre de palha dos bonecos munidos de capacetes alemães no meio de uma rua de São Petersburgo.

Sim, bem sei que, em minha última carta, havia jurado não mencionar o passado, sobretudo os detalhes de nosso passado compartido; porque nós, os autores no exílio, supostamente possuímos um magnífico decoro verbal, e no entanto aqui estou, desde as primeiras linhas, desdenhando esse direito à imperfeição sublime e ensurdecendo com uma sucessão de epítetos as lembranças que você aflorou com tanta graça e leveza. Mas não é do passado, meu amor, que desejo lhe falar.

É noite. À noite percebe-se de forma particularmente intensa a imobilidade dos objetos — a lâmpada, os móveis, as fotografias emolduradas sobre a escrivaninha. Vez por outra a água gorgoleja nos canos invisíveis como se subissem soluços da garganta da casa. À noite saio para dar uma caminhada. Reflexos dos lampiões escorrem pelo asfalto úmido de Berlim, cuja superfície se assemelha a uma película de graxa negra com poças que se aninham em suas rugas. Aqui e ali uma luz grená brilha acima de uma caixa de alarme contra incêndio. Colunas de vidro, cheias de uma luz líquida e amarela, assinalam as paradas de bonde e, por algum motivo, sou invadido de uma sensação de beatitude e melancolia quando, tarde da noite, com suas rodas guinchando numa curva, um bonde passa veloz por mim, vazio. Através de suas janelas podem se ver com nitidez as fileiras de bancos marrons bem iluminados em meio aos quais um solitário condutor, com um saco preto pendurado no ombro, avança em direção contrária à do vagão, cambaleando um pouco como se estivesse ligeiramente bêbado.

Ao perambular por alguma rua escura e silenciosa, gosto de ouvir os sons de um homem voltando para casa. Na obscuridade, não chego a vê-lo, e nunca se sabe de antemão qual a porta da frente que vai ganhar vida para receber a chave com um ranger condescendente, abrir-se até que a mola a retenha e se fechar com um baque surdo; a chave rangerá outra vez do lado de dentro e, nas profundezas que se escondem por trás do vidro da porta, uma luz macia ficará brilhando durante um maravilhoso minuto.

Um carro preto, com uma faixa amarela sob as janelas, cruza sobre pilares de luz úmida. Sua buzina trombeteia malhumoradamente no ouvido da noite, sua sombra esgueira-se entre meus pés. Agora, a rua está de todo deserta — salvo por um idoso cão dinamarquês cujas unhas ecoam na calçada enquanto acompanha, relutante, uma moça bonita e indiferente que passeia sem chapéu mas de guarda-chuva aberto. Quando ela passa diante da lâmpada grená (à sua esquerda, sobre o alarme contra incêndios), um gomo tenso e preto do guarda-chuva adquire um brilho úmido e avermelhado.

E mais além da curva, acima da calçada — que coisa inesperada! —, diamantes pulsam na fachada de um cinema. Lá dentro, no retângulo pálido como o luar, podem ser vistos alguns mímicos mais ou menos competentes: vindo do fundo da tela, o rosto enorme de uma moça de olhos cinza e tremeluzentes, seus lábios negros cortados verticalmente por estrias cintilantes, aproxima-se cada vez mais e continua a crescer enquanto ela contempla a sala às escuras, até que uma linda lágrima, longa e brilhante, lhe corre pela face. E às vezes (momento divino!) é a vida real que aparece sem saber que está sendo filmada: uma multidão fortuita, reflexos sobre as águas, uma árvore muda mas visivelmente farfalhante.

Mais adiante, na esquina de uma praça, uma prostituta corpulenta, envolta em peles negras, caminha com passos lentos de um lado para o outro, parando de quando em vez diante de uma vitrine fortemente iluminada onde uma mulher de cera, o rosto coberto de ruge, exibe aos caminhantes noturnos seu longo vestido esmeralda e o brilho sedoso das meias cor de pêssego. Gosto de observar essa plácida meretriz de meia-idade quando dela se aproxima um senhor idoso e bigodudo que chegou esta manhã, vindo a negócios de Papenburg (primeiro passa por ela e dá duas olhadelas para trás). Será levado sem pressa para um quarto num edifício próximo, o qual, durante o dia, em nada se distingue dos outros prédios igualmente ordinários. Um velho porteiro cortês e impassível mantém uma vigília permanente no escuro hall de entrada. No alto da íngreme escada, uma velha também impassível, antes de recolher o pagamento, destrancará com sábia indiferença um quarto desocupado.

E você nem sabe com que maravilhoso estrépito o trem feericamente iluminado, com todas as janelas sorrindo, atravessa disparado a ponte sobre a rua! É provável que não vá além dos subúrbios, mas naquele instante as trevas sob o arco negro da ponte se enchem de uma música metálica tão poderosa que não consigo deixar de imaginar as terras ensolaradas para as quais vou partir logo que tenha arranjado aqueles cem marcos adicionais que ambiciono com tamanha brandura, com tamanha despreocupação.

Sinto a alma tão leve que às vezes até me divirto olhando as pessoas dançarem no café do bairro. Muitos de meus companheiros de exílio denunciam indignadamente (e nessa indignação há uma pitada de prazer) as abominações que estão hoje em voga, inclusive as danças atuais. Mas a moda é a expressão da mediocridade humana, um certo padrão de vida, a vulgaridade do que é igualitário, e denunciá-la significa admitir que a mediocridade pode criar alguma coisa (seja uma forma de governo ou um novo penteado) digna de nossa atenção. Sem dúvida, essas nossas danças supostamente modernas são tudo menos modernas: a mania vem dos tempos do Diretório, pois naquela época, como agora, as mulheres usavam os vestidos em cima da pele e os músicos também eram negros. A moda respira ao longo dos séculos: à inalação profunda que produziu a crinolina em forma de domo em meados do século XIX, segue-se uma expiração — saias justas, danças de corpo colado. Nossas danças, afinal de contas, são bem naturais e bastante inocentes, e às vezes — nos salões de baile de Londres — perfeitamente graciosas em sua monotonia. Todos nos lembramos do que Puchkin escreveu sobre a valsa: "monótona e maluca". É tudo a mesma coisa. Quanto à degeneração moral... Eis aqui o que encontrei nas memórias de d'Agricourt: "Não conheço nada tão depravado quanto o minueto, que todos consideram adequado dançar em nossas cidades".

E assim me agrada olhar, nos *cafés-dansants* daqui, como "um par após o outro passa esvoaçante", para de novo citar Puchkin. Olhos curiosamente pintados rebrilham com a simples alegria de viver. Pernas envoltas em tecido preto e em meias diáfanas se tocam. Pés se movem para aqui e para ali. E enquanto isso, do lado de fora, minha noite fiel e solitária me espera com seus reflexos molhados, seus carros que buzinam, suas rajadas de vento que varrem os céus da cidade.

Nesse tipo de noite, no cemitério ortodoxo russo, bem distante do centro da cidade, uma velha senhora de setenta anos suicidou-se sobre o túmulo do marido, que havia morrido recentemente. Por acaso fui lá na manhã seguinte, e o vigia, um veterano mutilado na campanha de Denikin, movendo-se com a ajuda de muletas que rangiam a cada balanço de seu corpo, mostrou-me a cruz branca na qual ela se enforcara e as fibras amarelas que ainda aderiam à cruz onde a corda ("novinha em folha", ele disse em voz baixa) se atritara. No entanto, o mais misterioso e encantador de tudo eram as impressões em forma de crescente que seus saltos, tão pequenos quanto os de uma criança, haviam deixado no solo úmido junto ao pedestal. "Coitadinha, ela pisoteou um pouco o chão, mas, fora isso, não fez nenhum estrago", observou o vigia com toda a calma, e, olhando para aquelas fibras amarelas e aquelas pequenas depressões, de repente me dei conta de que se pode distinguir um sorriso ingênuo até mesmo na morte. Possivelmente, querida, minha principal razão para escrever esta carta tenha sido lhe contar sobre esse fim doce e terno. Assim a noite de Berlim encontrou um desfecho que a satisfez.

Escute: estou idealmente feliz. Minha felicidade é uma espécie de desafio. Ao vagar pelas ruas, pelas praças, pelos caminhos ao longo do canal, sentindo distraidamente os lábios da umidade através de minhas solas gastas, carrego com orgulho essa felicidade inefável. Os séculos hão de desfilar, os estudantes bocejarão lendo a história de nossos cataclismos; tudo passará, mas minha felicidade, querida, minha felicidade irá permanecer, no reflexo úmido de um lampião, na curva cautelosa dos degraus de pedra que descem até as águas negras do canal, nos sorrisos dos pares a dançar, em tudo aquilo com que Deus circunda tão generosamente a solidão humana.

GUIA DE BERLIM

Escrito em dezembro de 1925 em Berlim, "Putevoditel' po Berlinu" foi publicado no jornal *Rul'* (24 de dezembro de 1925) e na coletânea *Vozvrachtchenie Tchorba* (Berlim, Slovo, 1930).

Apesar de sua aparência simples, esse guia é uma de minhas mais intrincadas composições. Sua tradução nos obrigou, a mim e a meu filho, a enfrentar uma tremenda série de saudáveis dificuldades. Acrescentei duas ou três frases esparsas para fins de clareza factual.

Pela manhã visitei o zoológico e agora estou entrando num botequim com meu amigo e companheiro habitual de libações. O letreiro azul-celeste traz uma inscrição branca, "Löwenbräu", acompanhada pelo desenho de um leão piscando o olho e de uma caneca de chope. Sentamo-nos e começo a falar com meu amigo acerca de canos, bondes e outros assuntos importantes.

1. OS CANOS

Em frente à casa onde moro, um gigantesco cano preto foi depositado ao longo do meio-fio. A menos de um metro de distância puseram um segundo, mais além um terceiro e um quarto — as entranhas de ferro da rua, ainda sem uso, à espera de que sejam enterradas bem fundo sob o asfalto. Durante os primeiros dias após terem sido descarregados dos caminhões com um clangor cavernoso, os meninos se divertiam pulando por cima deles e engatinhando através daqueles túneis redondos, mas uma semana depois já não mais brincavam ali, e os tais canos se cobriram com um manto espesso de neve; agora, quando saio na luz cinzenta e sem relevo das primeiras horas da manhã, testando cautelosamente, com a ponta de borracha de minha grossa bengala, o gelo que cobre a calçada traiçoeira, uma faixa regular de neve fresca se estende ao longo do topo de cada cano negro, enquanto, próximo do lugar onde os trilhos fazem uma curva, o reflexo de um bonde ainda iluminado sobe pela superfície côncava junto à boca do cano com o brilho alaranjado de um raio numa tempestade de verão. Hoje alguém escreveu "Otto" com o dedo na banda de neve fresca, e pensei como aquele nome, com os dois "o" macios flanqueados pelo par de suaves consoantes, se ajustava lindamente à muda camada de neve sobre o cano com seus dois orifícios e o túnel taciturno.

2. O BONDE

O bonde elétrico desaparecerá dentro de uns vinte anos, assim como desapareceu seu predecessor puxado por cavalos. Sinto que já tem um ar vetusto, um tipo de charme antiquado. Tudo nele é um pouco canhestro, desengonçado, e, se ao fazer uma curva rápida demais a haste se desprende do cabo aéreo, o condutor, ou até mesmo um dos passageiros, debruça-se para fora da traseira do carro, olha para cima e sacode a corda até que a haste retorne à posição correta. Quando isso ocorre, penso sempre que o cocheiro de alguma velha diligência vez por outra terá deixado cair o chicote e, freando a quadriga com um puxão das rédeas, mandaria que fosse buscá-lo o garoto vestido com um libré de abas compridas, que se sentava junto a ele na boléia e arrancava sons agudos da corneta enquanto, matracolejando sobre o calçamento de pedras, a carruagem atravessava veloz alguma aldeia.

São muito incomuns as mãos do homem que distribui as passagens. Trabalham com tanta agilidade quanto as de um pianista, mas, em vez de serem lânguidas, úmidas e de ter unhas macias, as mãos do condutor são tão calejadas que, quando ao lhe entregar as moedas se toca por acaso naquela palma onde parece ter crescido uma crosta dura e quitinosa, a gente sente uma espécie de aflição moral. São mãos extraordinariamente hábeis e eficientes, apesar de sua aspereza e da grossura dos dedos. Fico olhando com curiosidade quando ele pinça o bilhete com sua grande unha preta e o pica em dois lugares, remexe na sacola de couro, pesca algumas moedas para fazer o troco, imediatamente fecha a sacola com um golpe seco e puxa a corda da campainha, ou, com um empurrão do polegar, abre a janelinha especial na porta da frente para entregar os bilhetes às pessoas que se encontram na plataforma dianteira. E, durante todo esse tempo, o carro sacode, os passageiros de pé no corredor se agarram às alças e balançam para a frente e para trás — mas ele não deixará cair uma única moeda ou um único bilhete arrancado do rolo. Nesses dias de inverno, a metade inferior da porta dianteira exibe uma cortina de tecido verde, as janelas se cobrem de geada, árvores de Natal à venda se alinham junto ao meio-fio em cada parada, os pés dos passageiros estão entorpecidos pelo frio, às vezes uma meia-luva de lã cinza cobre a mão do condutor. No fim da linha, o carro da frente é desengatado, entra num desvio, dá a volta em torno do reboque e se aproxima dele por trás. Há algo que faz lembrar uma fêmea submissa no modo pelo qual o segundo carro espera enquanto o primeiro, o macho, aquele onde fica o motorneiro, lançando uma pequena centelha faiscante, avança pelo trilho e se engata. E (sem a metáfora biológica) recordo-me de como, uns dezoito anos antes em São Petersburgo, os cavalos costumavam ser desatrelados e conduzidos em volta do bonde azul e barrigudo.

O bonde puxado por cavalos desapareceu, como também acontecerá com o bonde elétrico, e algum excêntrico escritor berlinense na década de 20 do século XXI, desejando retratar nosso tempo, visitará um museu de história da tecnologia e lá encontrará um bonde centenário, amarelo, desgracioso, com assentos curvos que já caíram de moda, e num museu de vestuários antigos desencavará o uniforme preto com botões reluzentes do condutor. Voltando para casa, há de compilar uma descrição das ruas da Berlim de antanho. Todas as coisas, até as menores ninharias, serão valiosas e significativas: a sacola do condutor, o anúncio sobre a janela, aquele especialíssimo movimento sacolejante que nossos netos talvez queiram imaginar — tudo será enobrecido e legitimado pela idade.

Acho que aí reside o sentido da criação literária: retratar objetos triviais tal como se refletirão nos espelhos benévolos dos tempos futuros; encontrar nos objetos a nosso redor a ternura perfumada que só a posteridade saberá discernir e apreciar nos dias longínquos em que cada insignificância de nossa vida cotidiana se tornará estranha e festiva: a época em que um homem envergando o mais ordinário paletó de hoje estará pronto para participar de um elegante baile a fantasia.

3. TRABALHO

Eis aqui alguns exemplos de trabalho que observo do alto do bonde repleto de passageiros, onde sempre confio em que uma mulher piedosa cederá seu assento ao lado da janela — enquanto faz o possível para não me olhar muito de perto.

Num cruzamento, o asfalto foi quebrado junto aos trilhos; revezando-se, quatro operários com grandes marretas estão cravando no solo uma barra de ferro; quando o primeiro golpeia, o segundo já está baixando a marreta num movimento amplo e preciso; o segundo malho atinge o alvo e já sobe em direção ao céu enquanto o terceiro e depois o quarto golpeiam em cadência. Ouço o clangor sem pressa que produzem, como quatro notas repetidas num carrilhão de ferro.

Um jovem padeiro de boné branco passa veloz em seu triciclo; há algo de angélico num rapaz polvilhado de farinha de trigo. Uma caminhonete cruza tilintante, os caixotes sobre o teto, recolhidos nas tavernas, contendo fileiras de garrafas vazias que brilham como esmeraldas. Um longo e negro lariço desfila misteriosamente numa carroça. A árvore está deitada de lado; sua ponta oscila ligeiramente, enquanto as raízes, recobertas de terra e envoltas num robusto manto de aniagem, formam uma enorme esfera bege na base, mais parecendo uma bomba. Um carteiro, tendo colocado a boca de um saco sob uma caixa de correio cor de cobalto, amarra-o por baixo e secretamente, invisivelmente, com um farfalhar açodado, a caixa se esvazia e o carteiro fecha com um golpe seco as mandíbulas quadradas do saco, agora cheio e pesado. Mas talvez o que haja de mais bonito sejam as carcaças amarelo-cromo com manchas e arabescos rosados empilhadas num caminhão, e o homem de avental e capuz de couro, com uma longa aba sobre o pescoço, que coloca cada carcaça sobre as costas e, encurvado, atravessa a calçada e a leva para dentro do açougue vermelho.

4. ÉDEN

Toda grande cidade tem o seu próprio Éden na terra, criado pelo homem.

Se as igrejas nos falam do Evangelho, os zoológicos nos fazem lembrar o início solene, e terno, do Velho Testamento. A única coisa triste é que esse Éden artificial se encontra inteiramente cercado de grades, embora também seja verdade que, sem elas, eu seria estraçalhado pelo primeiro dingo que aparecesse. No entanto se trata realmente de um Éden, tanto quanto os homens são capazes de reproduzi-lo, e essa é uma boa razão pela qual o grande hotel que fica defronte do zoológico de Berlim traz o nome daquele jardim.

No inverno, quando os animais dos trópicos ficam reclusos, recomendo que se visite o pavilhão de anfíbios, insetos e peixes. Nas salas mantidas quase às escuras, fileiras de vitrines iluminadas assemelham-se às vigias através das quais o capitão Nemo contemplava de seu submarino as criaturas marinhas que ondulavam em meio às ruínas da Atlântida. Por trás do vidro, em nichos resplandecentes, peixes translúcidos deslizam com suas rútilas nadadeiras, flores marinhas respiram e, num pequeno banco de areia, jaz uma estrela-do-mar viva e escarlate com cinco pontas. Foi aí, portanto, que teve origem o notório emblema — no fundo mesmo do oceano, nas trevas da Atlântida submersa, que em remotas eras atravessou várias crises enquanto tagarelava sobre as utopias então em voga e outras sandices que ainda hoje nos aleijam.

Ah, não deixe de ver as tartarugas gigantes sendo alimentadas. Essas carapaças obsoletas e ponderosas foram trazidas das ilhas Galápagos. Com uma espécie de decrépita circunspecção, uma cabeça chata e enrugada e duas patas totalmente inúteis emergem em câmara lenta de sob a cúpula de cem quilos. E, com sua língua grossa e esponjosa, que de certo modo lembra a de um idiota cacológico vomitando indolentemente seu discurso monstruoso, a tartaruga enfia o focinho num monte de legumes úmidos e mastiga as folhas sem a menor elegância.

Mas aquele domo na parte de cima — ah, aquele domo, aquele bronze fosco, bem polido, eterno, aquele esplêndido fardo do tempo...

5. O BOTEQUIM

"Esse seu guia é muito ruim", diz mal-humoradamente meu companheiro habitual de libações. "Quem é que se interessa em saber que você pegou um bonde e foi ao aquário de Berlim?"

O botequim onde eu e ele estamos sentados se divide em duas partes, uma grande, a outra algo menor. Uma mesa de bilhar ocupa o centro da primeira; há algumas mesas nos cantos; diante da entrada ergue-se um bar, com garrafas enfileiradas nas estantes atrás do balcão. Na parede, entre as janelas, estão pendurados jornais e revistas, presos a suportes de madeira como bandeiras de papel. Nos fundos há um largo corredor e, mais além, vê-se um quartinho atravancado com um sofá verde sob um espelho, do qual parece cair uma mesa oval, coberta com oleado xadrez, que depois se assenta solidamente diante do sofá. Esse quarto faz parte do humilde apartamento do sujeito que toma conta do botequim. Lá, sua mulher de rosto gasto e seios grandes está dando sopa na colher a uma criancinha loura.

"Não tem o menor interesse", meu amigo afirma com um bocejo pesaroso. "Que importam os bondes e as tartarugas? E, seja como for, o troço todo é simplesmente uma chatice. Uma cidade estrangeira sem graça, e ainda por cima de vida cara..."

De nossa mesa próxima ao bar vejo distintamente o sofá, o espelho e a mesa no fundo do corredor. A mulher está limpando a mesa. Apoiando-se nos cotovelos, a criança examina com atenção uma revista ilustrada com seu inútil suporte de madeira.

"O que é que você está vendo lá?", pergunta meu companheiro, voltando-se lentamente com um suspiro e fazendo a cadeira emitir um rangido doloroso sob seu peso.

Lá, sob o espelho, a criança está sentada sozinha. Mas agora olha em nossa direção. De onde se encontra, pode ver o interior do botequim — a ilha verde da mesa de bilhar, a bola de marfim que está proibida de tocar, o brilho metálico do bar, um par de gordos caminhoneiros numa mesa e nós dois em outra. Faz muito se habituou a essa cena, não se espanta com sua proximidade. No entanto, de uma coisa estou certo. Aconteça o que acontecer na sua vida, sempre recordará a imagem que viu a cada dia de sua infância do pequeno quarto onde tomava sopa na colher. Relembrará a mesa de bilhar e o visitante noturno sem paletó que costumava puxar para trás o anguloso cotovelo branco e atingir a bola com o taco, e a fumaça azul-cinza do charuto, e o vozerio geral, e minha manga direita vazia, as cicatrizes em meu rosto, seu pai atrás do balcão enchendo para mim uma caneca da torneira do barril.

"Não posso compreender o que você está vendo lá", diz meu amigo, voltando-se para mim.

Na verdade, o quê? Como posso fazê-lo entender que vi de relance as lembranças futuras de alguém?

A CAMPAINHA DA PORTA

O leitor ficará desapontado ao tomar conhecimento de que não foi possível estabelecer a data exata da publicação deste conto. Sem dúvida apareceu no *Rul'*, de Berlim, provavelmente em 1927, e foi reproduzido na coletânea *Vozvrachtchenie Tchorba* (Berlim, Slovo, 1930).

Sete anos se haviam passado desde a última vez em que ele e ela tinham estado juntos em São Petersburgo. Deus meu, quanta gente se apinhava na estação Nikolaevsky! Não chegue tão perto — o trem já vai sair. Bom, lá vamos nós, adeus, minha querida... Ela caminhou ao lado do vagão, alta, magra, vestindo uma capa de chuva, com uma echarpe branca e preta em volta do pescoço, até que foi ficando para trás como se arrastada por uma lenta correnteza. Recrutado pelo Exército Vermelho, ele participou, confusa e relutantemente, da guerra civil. Então, numa bela noite, acompanhado pela estridulação extática dos grilos da pradaria, passou-se para o lado dos Brancos. Um ano mais tarde, em 1920, pouco após ter deixado a Rússia, deu de cara com seu tio, um advogado moscovita, em Ialta, mais precisamente na íngreme e pedregosa rua Tchainaya. Como não, sim, tinha notícias — duas cartas. Ela estava de partida para a Alemanha e já havia obtido o passaporte. Você está com uma aparência ótima, meu rapaz. E por fim a Rússia o liberou — segundo alguns, uma licença permanente. A Rússia o retivera por muito tempo; ele se deixara deslizar lentamente do norte para o sul, enquanto a Rússia tentava retê-lo em seus braços, dando-lhe em troca a tomada de Tver, Kharkov, Belgorod e várias aldeias interessantes, mas em vão. Ela lhe reservava uma última tentação, uma derradeira dádiva — a Criméia —, mas nem isso foi o bastante. Ele partiu. E, a bordo do navio, conheceu um jovem inglês, um sujeito simpático e de inclinações atléticas, que estava a caminho da África.

Nikolay visitou a África, a Itália e, sabe-se lá por quê, as ilhas Canárias, seguindo de novo para a África, onde serviu por algum tempo na Legião Estrangeira. No começo lembrava-se dela amiúde, depois raramente, e mais tarde com freqüência crescente. Seu segundo marido, o industrial alemão Kind, morrera durante a guerra, mas, tendo possuído muitos imóveis em Berlim, Nikolay presumia que ela não corria o menor risco de passar fome por lá. No entanto, como o tempo voava! Incrível! Será mesmo que sete anos inteiros já haviam se passado?

Durante esses anos ele ficara mais forte, mais duro, perdera um dedo indicador, aprendera dois idiomas — inglês e italiano. Seus olhos haviam-se tornado mais claros e seu olhar mais cândido graças ao cobreado rústico que lhe tingia o rosto ainda liso. Passou a fumar cachimbo. Suas passadas, a que nunca havia faltado a solidez característica das pessoas de pernas curtas, tinham adquirido um ritmo notável. Uma coisa, porém, nele permanecera de todo inalterada: seu riso, sempre acompanhado de um gracejo e de um piscar de olhos jocoso.

Divertiu-se muito com a idéia, rindo baixinho e sacudindo a cabeça, até que por fim se decidiu a deixar tudo de lado e seguir, por estágios, para Berlim. Certa ocasião — numa banca de jornais, em algum lugar da Itália —, reparou num matutino de emigrados russos publicado em Berlim. Escreveu para o jornal, colocando um anúncio na seção de classificados: fulano de tal procura sicrana. Não obteve resposta. Numa viagem incidental à Córsega, encontrou um compatriota, o velho jornalista Gruchevski, que estava de partida para Berlim. Procure se informar para mim. Talvez você a descubra. Diga-lhe que estou vivo e passo bem... Mas também por essa fonte não conseguiu nenhuma notícia. Agora era chegado o momento de tomar Berlim de assalto. Lá, no próprio local, a busca se tornaria mais simples. Teve grande dificuldade para receber um visto alemão, e seu dinheiro já ia acabando. Ah, paciência, chegaria lá de um jeito ou de outro...

E chegou. Baixo, de ombros largos, envergando uma capa impermeável de corte militar e um boné axadrezado, com o cachimbo entre os dentes e uma surrada valise na mão boa, saiu para a praça em frente à estação de trens. Parou a fim de admirar um grande anúncio que reluzia como uma jóia, as luzes vencendo centímetro a centímetro a escuridão até se extinguirem e se acenderem de novo a partir de outro ponto. Passou uma noite ruim no quarto abafado de um hotel mambembe, tentando imaginar como daria início à busca. O departamento de habitação, o escritório do jornal de língua russa... Sete anos. Ela deve ter envelhecido um bocado. Era uma sujeira dele haver esperado por tanto tempo; podia ter vindo antes. Mas, ah, aqueles anos, aquela estupenda vagabundagem mundo afora, os trabalhos obscuros e mal pagos, as oportunidades aproveitadas e desperdiçadas, a excitação da liberdade, a liberdade com que sonhara na infância! Típico de um Jack London... E aqui estava ele outra vez: uma nova cidade, um colchão que lhe provocava coceiras suspeitas, o ranger de um bonde tardio. Tateou à procura dos fósforos e, com um movimento automático do cotoco do indicador, começou a pressionar o tabaco macio no fornilho do cachimbo.

Quando se viaja como ele viajava, a gente se esquece dos nomes do tempo, que são expulsos pelos nomes dos lugares. De manhã, quando Nikolay saiu com a intenção de ir à delegacia de polícia, as grades ainda estavam abaixadas nas portas de todas as lojas. Era uma droga de um domingo! Lá se foram o departamento de habitação e o jornal. Também era o fim do outono: tempo ventoso, ásteres nos jardins públicos, o céu de um branco sólido, árvores amarelas, bondes amarelos, o buzinar nasal de táxis gripados. Sentiu um frêmito de excitação diante da idéia de que estava na mesma cidade que ela. Com uma moeda de cinqüenta *pfennigs* comprou um copo de porto num bar freqüentado por motoristas de praça, e o vinho, batendo no estômago vazio, produziu um efeito agradável. Aqui e ali nas ruas chegavam-lhe retalhos de conversas em russo: "... *Skol'ko raz ya tebe govorila* (Quantas vezes já te disse)". E de novo, após terem passado vários nativos: "... Ele quer vender para mim, mas, francamente, eu...". A excitação fazia com que ele desse risadinhas à toa e terminasse cada cachimbada mais rápido que de costume. "... Parecia que tinha acabado, mas agora Gricha também pegou a mesma coisa..." Pensou em se aproximar do par seguinte de russos e perguntar, com toda a cortesia: "Por acaso os senhores conhecem Olga Kind, que antes de se casar era a condessa Karski?". Todos devem se conhecer nesse pedacinho de Rússia provinciana que se perdeu pelo mundo.

A noite já caía e, no lusco-fusco, uma linda luz cor de tangerina tingia a fachada de vidro de todos os andares de uma imensa loja de departamentos quando Nikolay notou, ao lado da porta de outro edifício, uma pequena placa branca onde se lia: "I. S. Weiner, dentista. De Petrograd". Uma recordação inesperada atingiu-o como um raio. Esse nosso velho amigo já está muito cariado, tem de ir embora. Na janela, bem defronte da cadeira de tortura, fotografias emolduradas exibiam paisagens suíças... A janela dava para a rua Moika. Por favor, pode bochechar agora. E o dr. Weiner, um velho gordo e plácido, de avental branco e óculos perspicazes, rearrumava seus instrumentos tilintantes. Ela sempre se havia tratado com ele, assim como o faziam seus primos, e por isso mesmo costumavam se dizer, ao brigar por uma razão ou por outra: "Tá querendo levar um Weiner?" (o que significava simplesmente um soco na boca). Nikolay demorou-se diante da porta, prestes a tocar a campainha, lembrando que era domingo; pensou mais um pouco e acabou tocando. Ouviu um zumbido na tranca e a porta cedeu. Subiu um lance de escadas. Uma empregada abriu a porta do apartamento. "Não, o doutor não está atendendo hoje." "Meus dentes estão em ordem", retrucou Nikolay num alemão muito precário. "O doutor Weiner e eu somos velhos amigos. Meu nome é Galatov, tenho certeza de que ele se lembra de mim..." "Vou dizer ao doutor", respondeu a empregada.

Momentos depois um homem de meia-idade, vestindo um paletó de veludo com galões, saiu para o hall. Tinha uma tez cor de cenoura e parecia muito amável. Após um cumprimento jovial, acrescentou em russo: "Não me lembro do senhor, embora... deve ser algum engano". Nikolay olhou para ele e desculpou-se: "Sinto muito. Também não me lembro do senhor. Pensei que fosse encontrar o doutor Weiner que morava na rua Moika, em São Petersburgo, antes da revolução, mas o nome me confundiu. Desculpe".

"Ah, deve ser um xará meu. É um sobrenome bastante comum. Eu morava na avenida Zagorodny."

"Todos nós costumávamos nos tratar com ele", explicou Nikolay, "e, bem, pensei... O senhor entende, estou tentando localizar uma certa senhora, a madame Kind, esse é o nome de seu segundo marido..."

Weiner mordeu o lábio, olhou para o lado com um ar de concentração e voltou a dirigir-lhe a palavra: "Espere um instante... Acho que me lembro... Acho que me lembro de uma madame Kind que veio me ver não faz muito tempo, e também pensava que... Vamos saber ao certo num minuto. Faça o favor de passar para o consultório".

Os olhos de Nikolay nem chegaram a focalizar o consultório, cravados que estavam na calvície impecável de Weiner, quando ele se debruçou sobre a agenda.

"Vamos saber ao certo num minuto", repetiu, correndo o dedo pelas páginas. "Vamos saber ao certo num minuto. Vamos saber num... Aqui está. *Frau* Kind. Obturação de ouro e outros trabalhos... não consigo ler o que foi, tem uma mancha aqui."

"E quais são o primeiro nome e o patronímico?", perguntou Nikolay, aproximando-se da mesa e quase derrubando, com a manga, um cinzeiro.

"Isso também está anotado, Olga Kirilovna."

"Certo", disse Nikolay com um suspiro de alívio.

"O endereço é Plannerstrasse 59, aos cuidados de Babb", disse Weiner, estalando os lábios e copiando rapidamente o endereço num pedaço de papel. "Saindo daqui, é a segunda rua. Cá está. Fico muito satisfeito em ter podido ajudá-lo. Ela é parente sua?"

"Minha mãe", respondeu Nikolay.

Saindo do apartamento do dentista, seguiu com passadas mais rápidas. Surpreendia-o a facilidade com que a havia encontrado, como se tudo não passasse de um truque de cartas. Ao viajar rumo a Berlim, nunca parara para pensar que ela já pudesse estar morta havia muito tempo, ou no mínimo ter se mudado para outra cidade, mas o fato é que o truque tinha funcionado. O Weiner da placa comprovou ser outro Weiner — e, no entanto, o destino havia dado um jeito. Bela cidade, bela chuva! (Uma chuvinha fina de outono, as gotas mais parecendo pequenas pérolas, caía com um leve sussurro, escurecendo as ruas.) Como será que ela iria recebê-lo? Com ternura? Tristeza? Talvez com uma calma absoluta. Ela nunca o mimara quando criança. Você está proibido de correr pela sala de visita quando estou tocando piano. À medida que crescia, mais e mais passou a sentir que ela não precisava muito dele. Tentava agora visualizar-lhe o rosto, mas seus pensamentos recusavam-se obstinadamente a ficar coloridos, não conseguia reunir numa imagem óptica persuasiva todos os fragmentos que guardava na mente: seu corpo alto e magro, em que cada parte dava a impressão de ter sido juntada às demais meio ao acaso; a cabeleira negra com fios grisalhos nas têmporas; a boca grande e pálida; a velha capa de chuva que usava na última vez em que a tinha visto; e a expressão cansada e amarga de uma mulher que envelhece, aquela expressão que parecia estar sempre refletida no seu rosto — até mesmo antes da morte do pai dele, o almirante Galatov, que se suicidara com um tiro às vésperas da revolução. Número cinqüenta e um. Mais oito casas.

De repente, se viu tomado de uma perturbação insuportável, indecorosa, maior do que a que sentira, por exemplo, quando, apertando o corpo coberto de suor contra a parede de um rochedo, pela primeira vez fizera pontaria na direção de uma nuvem de poeira que se aproximava veloz, um espantalho branco montado num esplêndido cavalo árabe. Parou pouco antes do número 59, puxou do bolso o cachimbo e uma bolsinha de borracha; encheu o fornilho lenta e cautelosamente, sem deixar cair um único fiapo de tabaco; acendeu, protegeu a chama, chupou o ar, observou o montículo em brasa se inflar, engoliu uma baforada de fumaça doce que picava a língua, expeliu-a com cuidado, e, num passo firme, sem pressa, caminhou para a casa.

A escada era tão escura que ele tropeçou uma ou duas vezes. Quando, em meio às densas trevas, atingiu o segundo patamar, acendeu um fósforo e divisou uma placa dourada. Nome errado. Só bem mais acima encontrou o estranho "Babb". A pequena chama queimou-lhe os dedos e se apagou. Meu Deus, meu coração está batendo tão forte... Tateou no escuro em busca da campainha e tocou. Removeu o cachimbo de entre os dentes e se pôs a esperar, sentindo que um sorriso angustiante lhe rasgava a boca.

Ouviu então uma chave correndo na fechadura, o duplo estalido de uma tranca: a porta, como se atingida por um pé-de-vento, abriu-se de repelão. Estava tão escuro no vestíbulo quanto nas escadas, mas do fundo daquele negrume ergueu-se uma voz alegre e vibrante. "Não há luz em todo o prédio — *eto oojas*, é um horror" — e Nikolay reconheceu de imediato aquele longo e enfático "oo", a partir do qual reconstruiu instantaneamente, até o menor detalhe, a pessoa que, ainda oculta pela escuridão, ocupava o umbral da porta.

"É verdade, não dá para ver nada", disse ele rindo e avançando na direção dela.

Ela soltou um grito assustado, como se tivesse levado uma forte bofetada. No escuro, Nikolay encontrou os braços dela, os ombros, e esbarrou em alguma coisa (provavelmente o porta-chapéus). "Não, não, não é possível...", ela ficou repetindo sem cessar enquanto recuava.

"Fique parada, mamãe, fique parada um segundo", disse ele, batendo agora em outra coisa (dessa vez a porta entreaberta, que se fechou com estrondo).

"Não pode ser... Nicky, Nick..."

Beijava-a às cegas, no rosto, nos cabelos, por toda parte, sem enxergar nada no escuro mas, com uma espécie de visão interior, reconhecendo-a por inteiro da cabeça aos pés, e uma única coisa havia mudado nela (e até essa novidade o fez inesperadamente lembrar-se de sua mais tenra infância, quando ela costumava tocar piano): o cheiro forte e elegante de perfume, como se não tivessem existido aqueles anos em que ele se transformara num adolescente e ela numa viúva, quando havia deixado de usar perfume e se estiolara de forma tão triste — parecia que nada disso tinha ocorrido, que passara diretamente de um exílio distante para a infância...

"É você. Você veio. Você realmente está aqui", ela tatibitateava, apertando os lábios macios contra ele. "Que bom... É assim que devia ser..."

"Não há nenhuma luz na casa?", Nikolay perguntou em tom alegre.

Ela abriu uma porta interna e disse excitada: "Sim, entre. Acendi algumas velas aqui".

"Bem, deixe eu olhar para você", disse ele, penetrando na aura tremeluzente das velas e contemplando avidamente sua mãe. Os cabelos negros estavam pintados de um louro muito claro, cor de palha.

"E então, você não me reconhece?", ela perguntou, com um sorvo nervoso de ar, para logo acrescentar: "Não fique me olhando desse jeito. Vamos, me conte todas as novidades! Como você está queimado de sol... Deus meu! Sim, me conte tudo!".

Aquela cabeleira loura... E o rosto pintado com um cuidado excruciante. No entanto, o risco úmido de uma lágrima havia erodido a camada de ruge, os cílios carregados de rímel estavam molhados, o pó-de-arroz nas asas de seu nariz tinham adquirido uma tonalidade violeta. Usava um vestido de tecido azul acetinado, fechado no pescoço. E tudo nela era estranho, agitado, assustador.

"Você talvez esteja esperando alguém, não é, mamãe?", comentou Nikolay e, sem saber ao certo o que dizer em seguida, tirou o casaco com um gesto enérgico.

Ela se afastou na direção da mesa, que estava posta para uma refeição e onde cada copo de cristal brilhava na semi-obscuridade; voltou então para perto dele, olhando-se mecanicamente de relance no espelho envolto em sombras.

"Tantos anos se passaram... Meu Deus! Nem consigo acreditar nos meus olhos. Ah, é verdade, estou esperando alguns amigos esta noite. Mas vou desmarcar. Vou telefonar para eles. Vou fazer alguma coisa. Tenho que dizer para não virem... Ah, meu Deus..."

Apertou-se contra ele, apalpando-o para certificar-se de que era feito de carne e osso.

"Fique calma, mamãe, o que é que há com você — assim já está exagerando. Vamos sentar em algum canto. *Comment vas-tu?* Como é que a vida a tem tratado?"

E, temendo por alguma razão as respostas a suas perguntas, começou a falar dele mesmo, com o modo brusco e sem rodeios que lhe era característico, tirando baforadas do cachimbo, tentando afogar seu assombro em palavras e fumaça. Acabou por saber que ela tinha visto seu anúncio, contactara o velho jornalista e estava a ponto de escrever para Nikolay — sempre a ponto de... Agora que vira seu rosto deformado pela maquiagem e os cabelos artificialmente louros, sentiu que sua voz também não era a mesma. E, enquanto descrevia as aventuras que vivera, sem fazer uma única pausa, percorreu com os olhos o aposento obscuro, lucilante, com seus pavorosos enfeites de classe média — o gatinho de porcelana sobre a lareira, o recatado biombo por trás do qual se insinuava o pé da cama, o retrato de Frederico, o Grande, tocando flauta, a estante sem livros com os pequenos vasos onde o reflexo das chamas cintilava para cima e para baixo como gotículas de mercúrio... Enquanto seus olhos vagavam, reparou em algo que antes lhe passara quase despercebido: aquela mesa — posta para duas pessoas, com licores, uma garrafa de Asti, dois cálices altos de vinho e um enorme bolo cor-de-rosa decorado com um círculo de velinhas ainda apagadas...

"... Naturalmente, pulei logo para fora da minha tenda, e sabe o que é que era? Vamos, adivinhe!"

Parecendo sair de um transe, ela lhe lançou um olhar perplexo (estava recostada junto a ele no divã, apertando as têmporas com as mãos, e suas meias cor de pêssego tinham um brilho pouco familiar).

"Você está me ouvindo, mamãe?"

"O quê? Claro que estou..."

E então ele notou outra coisa: ela estava estranhamente alheia, como se ouvisse não as palavras dele, mas algo funesto que chegava de longe, ameaçador e inevitável. Nikolay continuou a narrativa, porém parou de novo e perguntou: "Aquele bolo, é em homenagem a quem? Parece muitíssimo gostoso".

Sua mãe respondeu com um sorriso alvoroçado: "Ah, é uma brincadeirinha. Eu disse que estava esperando uma visita".

"Me fez lembrar um bocado de Petersburgo", disse Nikolay. "Se lembra como uma vez você errou e esqueceu de pôr uma velinha? Eu estava fazendo dez anos, mas só tinha nove velinhas. *Tu escamotas mon anniversaire*. Chorei até não poder mais. E quantas tem lá?"

"Ah, que importa?", ela exclamou, levantando-se, quase como se quisesse bloquear a vista da mesa. "Em vez disso, por que você não me diz que horas são? Tenho que telefonar e desmarcar a festa... Tenho que fazer alguma coisa."

"Quinze para as sete", disse Nikolay.

"Trop tard, trop tard!", ela ergueu a voz de novo. "Muito bem! A essa altura não importa mais..."

Ambos se calaram. Ela voltou a se sentar. Nikolay estava tentando se forçar a abraçá-la, aconchegar-se junto dela, perguntar: "Olhe, mamãe, o que é que lhe aconteceu? Vamos, me conte". Lançou outro olhar na direção da mesa reluzente e contou as velinhas que coroavam o bolo. Eram vinte e cinco. Vinte e cinco! E ele já tinha vinte e oito anos...

"Por favor, não fique examinando a sala desse jeito!", disse sua mãe. "Parece até um detetive! É um buraco horrível. Me mudaria com a maior satisfação para qualquer outro lugar, mas vendi a casa que Kind deixou para mim." De repente, ela teve um sobressalto: "Espere um instante — que foi isso? Você fez algum barulho?".

"Fiz", respondeu Nikolay. "Estou esvaziando a cinza do cachimbo. Mas me diga uma coisa: você ainda tem dinheiro suficiente? Está conseguindo se arranjar?"

Ela se concentrou em reajustar uma fita na manga e falou sem olhar para ele: "Claro... É óbvio. Ele me deixou algumas ações estrangeiras, um hospital e uma antiga prisão. Uma prisão!... Mas fique sabendo que mal dá para eu viver. Pelo amor de Deus, pare de ficar batendo com esse cachimbo. Fique sabendo que eu... Que eu não posso... Ah, você entende, Nick, para mim seria difícil sustentar você".

"De que diabo você está falando, mamãe?", exclamou Nikolay (e nesse momento, como um sol idiota se levantando por trás de uma nuvem idiota, a luz elétrica jorrou do teto). "Pronto, agora podemos apagar essas velas, parecia até que estávamos encafuados no mausoléu de Mostaga. Sabe, guardei um pouco de dinheiro e, de qualquer modo, gosto de viver livre como um passarinho... Vamos, sente-se, pare de ficar correndo em volta da sala."

Alta, magra, toda em azul-brilhante, parou diante de Nikolay, e agora, em plena luz, ele pôde ver como sua mãe tinha envelhecido, com que insistência as rugas nas bochechas e na testa apareciam através da maquiagem. E aquele horrível cabelo descolorado!

"Você caiu do céu assim tão de repente", disse ela, mordendo os lábios e consultando um pequeno relógio sobre a estante. "Como neve num dia sem nuvens... Está adiantado. Não, parou. Ia receber visitas hoje à noite, aí você aparece. É uma situação maluca..."

"Bobagem, mamãe. Eles vão chegar, vêem que seu filho voltou e tratam rapidamente de se evaporar. E, antes que a noite acabe, você e eu vamos a um teatro-revista e depois jantamos em algum lugar... Estou me lembrando de um show africano que eu vi — realmente um troço sensacional! Imagine só, uns cinqüenta dançarinos negros, um deles enorme, do tamanho de...”

A campainha soou forte no hall da frente. Olga Kirillovna, que estava encarapitada no braço de uma cadeira, estremeceu e se levantou.

“Espere, deixe que eu abra a porta”, disse Nikolay também se erguendo.

Ela o pegou pela manga, o rosto contorcido. A campainha parou, o visitante à espera.

“Devem ser seus convidados”, disse Nikolay. “Seus vinte e cinco convidados. Temos que deixar eles entrarem.”

Sua mãe sacudiu bruscamente a cabeça e voltou a ouvir com atenção.

“Não fica bem...”, começou Nikolay.

Ela puxou-lhe a manga, sussurrando: “Não me faça isso! Não quero... Está proibido...”.

A campainha voltou a soar, dessa vez de forma insistente e irritadiça. Tocou por longo tempo.

“Me solte”, disse Nikolay. “Que besteira. Se alguém toca, a gente tem que abrir a porta. Você está com medo de quê?”

“Está proibido, me ouviu?”, repetiu ela, agarrando convulsivamente sua mão. “Eu imploro... Nicky. Nicky, Nicky!... Não!”

A campainha parou. Foi substituída por uma série de batidas vigorosas, aparentemente dadas com o grosso cabo de uma bengala.

Nikolay avançou resoluto para o hall. Porém, antes que o alcançasse, sua mãe segurou-o pelos ombros e tentou com todas as forças puxá-lo de volta, murmurando sem cessar: “Está proibido... Está proibido... Pelo amor de Deus!”. Mais um toque da campainha, agora breve e raivoso.

“O problema é seu”, disse rindo Nikolay e, enfiando as mãos nos bolsos, caminhou pelo aposento. É um verdadeiro pesadelo, pensou ele, rindo de novo.

A campainha se calara. Tudo voltou a ficar silencioso. Aparentemente, quem quer que a houvesse tocado se aborrecera e fora embora. Nikolay acercou-se da mesa, contemplou o esplêndido bolo com seu glacê brilhante e as vinte e cinco velinhas festivas, os dois copos de vinho. Perto deles, como se estivesse se escondendo na sombra da garrafa, havia uma caixinha de papelão branco. Apanhou-a e abriu a tampa. Continha um estojo de cigarros de prata, novinho em folha mas de gosto bem duvidoso.

"Então é isso", disse Nikolay.

Semi-reclinada no divã, com o rosto enfiado numa almofada, sua mãe rompeu em soluços que lhe sacudiam o corpo. No passado ele a vira chorar com freqüência, mas então seu pranto era bem diferente: por exemplo, sentada à mesa, ela chorava sem desviar o rosto, assoando o nariz de forma ruidosa e falando, falando, falando; agora, contudo, o choro era como o de uma mocinha, lá estava ela estendida com tamanho desamparo... e havia algo tão gracioso na curva de sua espinha e na maneira como um dos pés, na chinela de veludo, tocava o chão... Dava quase a impressão de que era mesmo uma jovem mulher loura chorando... E o lenço amarfanhado caíra sobre o tapete exatamente como de praxe nessas lindas cenas.

Nikolay soltou um grunhido russo (*kryak*) e sentou-se na beirada do divã. "Kryakou" de novo. Sua mãe, ocultando ainda o rosto, disse para o fundo da almofada: "Ah, por que você não veio antes? Até mesmo um ano antes... Só um ano!".

"Como é que eu podia saber?", disse Nikolay.

"Agora está tudo acabado", ela soluçou, sacudindo os cabelos louros. "Tudo acabado. Faço cinqüenta anos em maio. Filho adulto vem visitar mãe idosa. E por que é que você tinha que vir logo nessa hora... hoje de noite!"

Nikolay vestiu o casaco (o qual, contrariamente aos hábitos europeus, ele havia se limitado a jogar num canto qualquer), tirou o boné do bolso e sentou outra vez ao lado dela.

"Amanhã de manhã sigo viagem", disse ele, acariciando a seda azul e reluzente no ombro de sua mãe. "Estou com uma vontade danada de rumar agora para o norte, talvez para a Noruega — ou quem sabe para o mar, num baleeiro. Escrevo para você. Dentro de um ano mais ou menos nos encontramos de novo, aí talvez eu fique por mais tempo. Não fique chateada comigo por essa minha mania de desaparecer pelo mundo!"

Ela o abraçou rapidamente e pressionou o rosto molhado contra o pescoço dele. Apertou com força sua mão e de repente soltou um grito de aflição.

"Arrancado por uma bala", riu Nikolay. "Adeus, minha querida."

Ela apalpou o toco liso de seu dedo e lhe deu um beijo cauteloso. Passou então os braços em volta do filho e caminhou com ele até a porta.

"Por favor, escreva sempre... Por que é que você está rindo? Todo o pó-de-arroz saiu da minha cara, não é?"

E, tão pronto a porta se fechou a suas costas, ela voou para o telefone no farfalhante vestido azul.

O TEMPORAL

Trovoada em russo é *grom*; tempestade, *burya*; e temporal, *groza*, uma portentosa palavrinha que traz bem no centro o ziguezague azul de um raio.

"Groza", escrito em Berlim durante o verão de 1924, foi publicado em agosto do mesmo ano no jornal de emigrados *Rul'* e reproduzido na coletânea *Vozvrachtchenie Tchorba*.

Na esquina de uma rua perfeitamente ordinária de Berlim Oeste, sob o dossel de uma tília em plena floração, fui envolvido por uma fragrância impetuosa. Rolos de neblina subiam rumo ao céu noturno e, quando obliteraram o último buraco repleto de estrelas, o vento, um fantasma cego, cobrindo o rosto com as mãos, atravessou em vôo rasante a rua deserta. Na escuridão embaçada, por sobre as grades de ferro de uma barbearia, a tabuleta suspensa — uma tigela dourada de sabão de barba — começou a balançar como um pêndulo.

Entrei em casa e encontrei o vento me esperando no quarto: ele bateu a janela com estrondo e encenou um imediato refluxo quando fechei a porta atrás de mim. Abaixo da janela havia um pátio profundo onde, durante o dia, camisas crucificadas em reluzentes varais brilhavam através dos arbustos de lilases. Vez por outra subiam vozes do pátio: a cantilena melancólica dos trapeiros ou compradores de garrafas vazias; o lamento de um violino estropiado; e, certa feita, uma mulher loura e obesa se plantou no centro do pátio e irrompeu numa canção tão linda que as empregadas se debruçaram de todas as janelas, curvando os pescoços nus. E então, quando terminou, houve um momento de silêncio extraordinário; só se ouvia minha senhoria, uma viúva desmazelada, soluçando e assoando o nariz no corredor.

Agora o pátio estava prenhe de um negror abafado, mas o vento cego, que tinha resvalado impotente para suas profundezas, mais uma vez começou a subir, e súbito recobrou a visão, tomou impulso e, nos retângulos cor de âmbar que recortavam a parede negra defronte a meu quarto, surgiram as silhuetas nervosas de braços e cabeças desgrenhadas enquanto janelas fugitivas eram capturadas e firmemente encaixadas em seus ressoantes batentes. As luzes se apagaram. No momento seguinte, uma avalanche de som cavernoso, o ribombar de um trovão distante, veio rolando pelo céu violeta-escuro. E de novo tudo ficou silencioso, como quando a mendiga terminara sua canção, as mãos apertadas contra os amplos seios.

Caí no sono em meio àquele silêncio, exausto pela felicidade de meu dia, uma felicidade que não consigo descrever por escrito. Meu sonho era feito só de você.

Acordei porque a noite começara a se despedaçar. Um resplendor pálido e selvagem percorria o céu como o reflexo cintilante dos raios de uma roda colossal. Um estampido após o outro rasgava o firmamento. A chuva tombava num jorro vasto e sonoro.

Senti-me inebriado por aqueles tremores azulados, pelo frescor incisivo e volátil. Aproximei-me do peitoril molhado da janela e sorvi o ar sobrenatural, que fez meu coração vibrar como se feito de vidro.

Cada vez mais perto, cada vez mais grandiosa, a biga do profeta rolava em meio às nuvens. A luz da loucura, de visões penetrantes, iluminava o mundo noturno, os flancos metálicos dos telhados, os lilases em fuga. O deus do trovão, um gigante de cabelos brancos e barba furiosa — que o vento varria por cima de seus ombros —, envolto nas dobras ondulantes de um manto resplendoroso, mantinha-se de pé na biga ardente, inclinado para trás, refreando com braços tensos os tremendos corcéis negros como azeviche, suas crinas um clarão violeta. Mas, tendo tomado o freio nos dentes, eles espalhavam fagulhas de espuma crepitante, a biga se inclinava, o profeta desnorteado puxava as rédeas em vão. Seu rosto estava contorcido pelo fragor e pelo esforço; o remoinho de vento, atirando para trás as dobras de seu manto, desnudou um joelho poderoso; os corcéis sacudiram as crinas flâmeas e, com violência cada vez maior, desceram a galope as ladeiras das nuvens. Até que, com cascos tonitruantes, pisotearam um telhado lustroso, a biga perdeu o equilíbrio, Elias cambaleou, e os corcéis, enfurecidos pelo contato com o metal trabalhado por meros mortais, saltaram de novo rumo aos céus. O profeta foi cuspido para fora. Uma roda se soltou. De minha janela, vi o enorme círculo chamejante resvalar pelo telhado, oscilar na beirada e mergulhar na escuridão, enquanto os corcéis, arrastando a biga emborcada, já escalavam as nuvens mais altas; o estrépito morreu aos poucos e o fulgor da tempestade se perdeu em lívidos abismos.

O deus do trovão, que caíra no telhado, levantou-se pesadamente. As sandálias começaram a escorregar; seu pé quebrou uma água-furtada, ele grunhiu e, com um gesto largo do braço, agarrou uma chaminé para reequilibrar-se. Lentamente, virou o rosto carrancudo em busca de alguma coisa — talvez a roda que escapara de seu eixo de ouro. Olhou então para cima, os dedos empolgando a barba revolta, sacudiu a cabeça irritado — provavelmente não era a primeira vez que isso acontecia —, e, manquejando, iniciou uma descida cautelosa.

Excitadíssimo, afastei-me com esforço da janela, corri para vestir o roupão e desci aos saltos a íngreme escada até atingir o pátio. O temporal se dispersara, mas alguns borrifos de chuva ainda revoluteavam no ar. A leste, uma tênue palidez invadia o céu.

O pátio, que de cima parecia transbordar de densas trevas, na verdade só continha uma névoa delicada e evanescente. No pequeno gramado central, que a umidade havia tornado mais escuro, um velhinho magro e de ombros encurvados, envolto num robe encharcado, murmurava alguma coisa e olhava a seu redor. Ao me ver, pestanejou enraivecido e disse: "É você, Eliseu?". Inclinei a cabeça. O profeta estalou a língua ao mesmo tempo que coçava a calva morena.

"Perdi uma roda. Encontre-a para mim, está bem?"

A chuva agora havia cessado de todo. Enormes nuvens cor de fogo se congregavam acima dos telhados. Os arbustos, a grade, a casa de cachorro reluzente, tudo boiava no ar azulado e sonolento à nossa volta. Remexemos por muito tempo em vários cantos. O velho continuou a resmungar, erguendo a barra pesada de seu manto, patinhando nas poças com as sandálias de bicos redondos, uma gota brilhante pendurada na ponta do nariz grande e ossudo. Ao afastar um ramo baixo de lilás, notei sobre um monte de entulho, em meio a cacos de vidro, uma roda fina de ferro que deve ter pertencido a um carrinho de bebê. O velho soltou um bafo quente de alívio bem junto à minha orelha. Rápido, até com certa brusquidão, empurrou-me para o lado e agarrou a roda enferrujada. Com um piscar de olhos prazenteiro, disse: "Então é aí que ela foi parar!".

Lançou-me um longo olhar, franziu as sobrancelhas brancas e, como que se lembrando de alguma coisa, disse numa voz imponente:

"Vire-se de costas, Eliseu!".

Obedeci, cheguei mesmo a fechar os olhos. Assim fiquei por um ou dois minutos, até que não pude mais controlar minha curiosidade.

O pátio estava deserto, exceto pelo cão velho e peludo que havia enfiado o focinho grisalho para fora de sua casinhola e, tal qual uma pessoa, dirigia para cima os olhos castanhos e assustados. Olhei também para cima. Elias galgara o telhado, a roda de ferro cintilando a suas costas. Por sobre as chaminés negras, uma encaracolada nuvem auroral erguia-se como uma montanha alaranjada e, mais além, uma segunda e uma terceira. O cachorro emudecido e eu observamos juntos o profeta que, tendo atingido a crista do telhado, calmamente pisou na nuvem e começou a subir sem pressa, calcando com passadas fortes aqueles fofos tufos de fogo...

A luz do sol varou a roda, que de pronto se tornou enorme e dourada, e o próprio Elias parecia agora envergar um manto de chamas, mesclando-se à nuvem paradisíaca ao longo da qual subia cada vez mais alto, até desaparecer num desfiladeiro radioso do céu.

Só então o cachorro decrépito irrompeu num roufenho latido matinal. A superfície brilhante de uma poça de chuva cobriu-se de finas rugas. A brisa leve agitou os gerânios nas sacadas. Duas ou três janelas despertaram. Sem me desfazer nem mesmo dos chinelos empapados e do roupão surrado, disparei para a rua a fim de pegar o primeiro bonde modorrento, e, puxando para junto do corpo as abas do roupão, rindo comigo mesmo enquanto corria, pensei como dentro de poucos minutos estaria em tua casa e começaria a contar tudo sobre aquele acidente aéreo noturno e o colérico profeta que caíra em meu pátio.

O REENCONTRO

Escrito em Berlim, em dezembro de 1931, publicado em janeiro de 1932 com o título de "Vstretcha" no jornal de emigrados *Poslednie Novosti* (Paris) e reproduzido na coletânea *Soglyadatay* (Paris, Russkiya Zapiski, 1938).

Lev tinha um irmão, Serafim, mais velho e mais gordo do que ele, embora fosse inteiramente possível que, durante os últimos nove anos — não, espere... Deus meu, mais de dez —, ele houvesse emagrecido, quem sabe. Dentro de alguns minutos ficaremos sabendo. Lev havia deixado a Rússia enquanto Serafim lá ficara, uma questão de pura sorte em ambos os casos. Na verdade, podia-se dizer que Lev demonstrava certas tendências de esquerda, enquanto Serafim, recentemente diplomado no Instituto Politécnico, só pensava em sua especialidade e se precavia contra as correntes de ar políticas... Como era estranho, muito estranho mesmo, que ele pudesse estar chegando dentro de uns poucos minutos. Seria o caso de um abraço? Tantos anos... Um *spets*, um especialista. Ah, essas palavras com as terminações comidas, como cabeças de peixe jogadas fora... *spets*...

Tinha havido uma chamada telefônica naquela manhã, e uma voz feminina desconhecida anunciara em alemão que ele havia chegado e gostaria de fazer uma visita à noite, pois partiria de novo no dia seguinte. Foi uma surpresa para Lev, muito embora já soubesse que seu irmão estava em Berlim. Lev tinha um amigo que tinha um amigo que, por sua vez, conhecia alguém que trabalhava no Escritório Comercial da URSS. Serafim viera com a incumbência de acertar a compra de algum produto. Será que era membro do Partido? Mais de dez anos...

Não se haviam comunicado durante todos esses anos. Serafim nada sabia sobre seu irmão, e Lev muito pouco sobre Serafim. Uma ou duas vezes Lev entrevira o nome de Serafim através da cinzenta cortina de fumaça dos jornais soviéticos que folheava na biblioteca. "E, na medida em que o pré-requisito da industrialização", pontificava Serafim, "consiste na consolidação dos elementos socialistas de nosso sistema econômico como um todo, o progresso radical a nível das pequenas comunidades rurais afigura-se como uma das tarefas mais indispensáveis e urgentes da atualidade."

Lev, que terminara seus estudos com desculpável atraso na universidade de Praga (sua tese versara sobre as influências eslavófilas na literatura russa), estava agora tentando a sorte em Berlim, sem nunca chegar de fato a saber onde estava a sorte: se no comércio de quinquilharias variadas, como aconselhava Lechtcheyev, ou se numa oficina de impressão, segundo sugeria Fuchs. Aliás, Lechtcheyev, Fuchs e suas mulheres deviam passar por lá aquela noite (era o Natal russo). Lev gastara seus últimos centavos numa árvore de Natal de segunda mão, com uns trinta centímetros de altura; algumas velas escarlates; meio quilo de torradas e duzentos e cinqüenta gramas de doces. Seus convidados haviam prometido se encarregar da vodca e do vinho. No entanto, tão logo recebera a incrível mensagem, em tom de conspiração, de que seu irmão queria vê-lo, Lev imediatamente havia desmarcado a festa. Como os Lechtcheyev não estavam em casa, deixou recado com a empregada de que algo imprevisto acontecera. É óbvio que uma conversa cara a cara com seu irmão na mais completa intimidade já seria uma verdadeira tortura, mas pior ainda se... "Este aqui é meu irmão, acaba de chegar da Rússia." "Muito prazer em conhecê-lo. E então, a coisa lá anda mesmo feia?" "A que exatamente o senhor se refere? Não estou compreendendo." Lechtcheyev era particularmente apaixonado e intolerante... Não, a festa de Natal tinha de ser cancelada.

Agora, por volta das oito da noite, Lev estava caminhando para cima e para baixo de seu quarto pobre mas limpo, esbarrando ora na mesa, ora na cabeceira branca da cama estreita — um homenzinho paupérrimo porém asseado, vestindo um terno preto que o uso tornara lustroso e um colarinho de pontas viradas, grande demais para ele. O nariz arrebitado, os olhos pequenos e um pouco alucinados não contribuíam para enaltecer seu rosto sem barba. Usava polainas para ocultar os buracos nas meias. Separara-se havia pouco de sua mulher, que inesperadamente o havia traído — e com quem! Um indivíduo vulgar, um zero à esquerda... Tratou de guardar o retrato dela, pois de outra forma teria de responder às perguntas do irmão ("Quem é essa?" "Minha ex-mulher." "O que você quer dizer com ex?"). Sumiu também com a árvore de Natal, colocando-a na sacada de sua senhoria depois de assim autorizado — pois de outra forma, quem sabe, seu irmão poderia começar a zombar do sentimentalismo dos emigrados. Afinal de contas, por que a tinha comprado? Tradição. Convidados, luz de velas. Apague a luz, deixe a árvore brilhar sozinha. Reflexos cintilantes nos belos olhos da sra. Lechtcheyev.

De que falaria com seu irmão? Deveria contar-lhe, de modo casual e alegre, suas aventuras no sul da Rússia durante a guerra civil? Reclamar jocosamente de sua atual (insuportável, sufocante) pobreza? Ou fingir que era uma pessoa superior, que se mantinha acima do ressentimento dos emigrados e compreendia... compreendia o quê? Que, comparada à minha pobreza, à minha pureza, Serafim tivesse preferido uma colaboração ativa... e com quem, com quem! Ou, em vez disso, deveria atacá-lo, humilhá-lo, argumentar com ele, ser até mesmo espirituosamente cáustico? "O que mais falta nesse Lenin é leniência."

Visualizou Serafim, os ombros carnudos e encurvados, as enormes galochas, as poças no jardim em frente à *dacha* da família, a morte de seus pais, o início da revolução... Nunca tinham sido muito amigos — até mesmo quando estavam na escola cada qual tinha seus próprios companheiros, os professores eram diferentes... No verão de seus dezessete anos, Serafim tivera um caso de amor bastante desagradável com a mulher de um advogado que possuía uma *dacha* vizinha à deles. Os gritos histéricos do marido, as trocas de socos, o espetáculo lamentável da mulher já não tão moça, com sua cara de gata, correndo pela aléia do jardim e, como pano de fundo, o barulho vergonhoso de vidro quebrado. Certo dia, ao nadar num rio, Serafim quase morreu afogado... Essas eram as recordações mais vívidas de seu irmão, e Deus sabe que não chegavam a representar grande coisa. Às vezes a gente tem a impressão de que se lembra de alguém de forma detalhada e intensa, mas depois, ao pensar melhor, verifica que todos os pormenores são tolos, superficiais, insignificantes — uma fachada enganosa, uma mera contrafação da memória. Fosse como fosse, Serafim continuava a ser seu irmão. Comia à beça. Era um sujeito ordeiro. Que mais? Certa noite, quando tomavam chá...

O relógio deu oito badaladas. Lev lançou um olhar nervoso em direção à janela. Chuviscava, os lampiões boiavam na neblina. As calçadas guardavam ainda os restos brancos da neve molhada. Um Natal requentado. Fitas descoradas de papel — sobreviventes do Ano-Novo alemão — pendiam de uma sacada do outro lado da rua, tremulando frouxamente na escuridão. O súbito tilintar da campainha atingiu Lev como uma descarga elétrica no plexo solar.

Ele parecia ainda maior e mais gordo do que antes. Fingiu que estava terrivelmente sem fôlego. Tomou a mão de Lev. Os dois se mantiveram em silêncio, um sorriso idêntico afivelado em ambos os rostos. Um casacão russo reforçado, a pequena gola de astracã fechada por um gancho; um chapéu cinza que havia sido comprado no exterior.

"Por aqui", disse Lev. "Tire o casaco. Vamos, vou pôr ele aqui. Encontrou logo a casa?"

"Peguei o metrô", disse Serafim, ofegante. "Bem, bem. Então é isso..."

Com um suspiro exagerado de alívio, sentou-se numa poltrona.

"O chá vai ficar pronto num minuto", disse Lev em tom alvoroçado enquanto se ocupava na pia com um fogareiro a álcool.

"Que tempinho desgraçado, hem?", disse Serafim, esfregando as mãos. Na verdade, a noite até que estava quente.

O álcool ficava numa esfera de cobre, escorrendo para um canalete preto ao se virar um parafuso de orelhas. Tinha de se deixar correr uma pequena quantidade, fechar o parafuso e acender um fósforo. Aparecia então, boiando na superfície do canalete, uma chama tênue e amarelada, que morria aos poucos até que a válvula fosse aberta de novo; nesse momento, com uma detonação audível, uma chama lívida, bem diferente da primeira, formava uma coroa azul sob a base de ferro, onde um bule alto de lata, com uma grande marca de nascença no flanco, aguardava com ar de vítima. Lev não tinha a menor idéia de como e por que tudo isso acontecia, e nem se interessava em sabê-lo. Seguia cegamente as instruções da senhoria. De início, tanto quanto o permitia sua corpulência, Serafim contemplou por cima do ombro as manobras em torno do fogareiro a álcool; depois, tendo se levantado e chegado mais perto, conversaram durante alguns momentos sobre o aparelho, Serafim explicando seu funcionamento e girando carinhosamente o parafuso de orelhas para cá e para lá.

"E então, como vai a vida?", perguntou, deixando-se cair de novo na apertada poltrona.

"Bem... você pode ver com seus próprios olhos", retrucou Lev. "O chá vai ficar pronto num minuto. Se você está com fome, tenho aqui um pedaço de lingüiça."

Serafim declinou a oferta, assoou meticulosamente o nariz e começou a falar sobre Berlim.

"Eles deixaram os americanos para trás. Basta ver o trânsito. A cidade mudou enormemente. Estive aqui, você sabe, em 24."

"Nessa época eu estava vivendo em Praga", disse Lev.

"Ah, sei", comentou Serafim.

Silêncio. Ambos ficaram olhando para o bule de chá, como se esperassem que ele produzisse algum milagre.

"Vai ferver daqui a pouco", disse Lev. "Enquanto isso, coma alguns desses doces."

Serafim pegou um caramelo, e sua bochecha esquerda entrou em ação. Lev ainda relutava em se sentar, pois isso significaria que estava pronto para engrenar uma conversa; preferia continuar de pé, zanzando da cama para a mesa, da mesa para a pia. Várias agulhas de pinheiro estavam espalhadas pelo tapete desbotado. De repente, o ligeiro silvo cessou.

"*Prussak kaput*", disse Serafim.

"Vamos dar um jeito nisso", Lev se apressou em dizer, "é só um segundinho."

Mas não havia mais álcool na garrafa. "Que chato... Sabe de uma coisa? Vou arranjar mais um pouco com a senhoria."

Saiu para o corredor e caminhou até os aposentos dela. Coisa mais idiota. Bateu na porta. Nenhuma resposta. Nem um grama de atenção, um quilo inteiro de desprezo. Por que cargas-d'água tinha de se lembrar dessa velha frase que os estudantes costumavam usar diante de alguma provocação? Bateu de novo. Tudo às escuras. Ela tinha saído. Conseguiu chegar à cozinha, que havia sido prudentemente trancada à chave.

Lev ficou por algum tempo no corredor, pensando não tanto no álcool quanto no alívio que era estar sozinho por uns minutos, e na agonia que seria voltar para aquele quarto tenso onde um estranho se encontrava solidamente ancorado. O que é que eu posso falar com ele? Aquele artigo sobre Faraday num velho número da revista *Die Natur*? Não, isso não. Quando retornou, Serafim estava diante da estante examinando os volumes surrados e tristonhos.

"Coisa mais idiota", disse Lev. "É realmente frustrante. Me desculpe, por favor. Quem sabe..."

(Quem sabe a água estivesse a ponto de ferver. Não. Apenas tépida.)

"Bobagem. Para ser franco, não sou um grande fã de chá. Você lê um bocado, não é mesmo?"

(Será que devia ir até o bar e trazer uma garrafa de cerveja? Não, não tinha dinheiro bastante nem lhe deixavam comprar fiado. Droga, tinha queimado os últimos trocados nos doces e na árvore.)

"É, leio muito", disse em voz alta. "Que vergonha, que vergonha danada. Se ao menos a senhoria..."

"Esqueça", disse Serafim, "não faz mal. Quer dizer que é isso aí. Muito bem. E como vão as coisas em geral? Como é que você anda de saúde? Tudo perfeito? A saúde é a coisa mais importante. Quanto a mim, não leio muito", continuou ele, olhando de soslaio para a estante. "Nunca tenho tempo suficiente. Outro dia no trem aconteceu de eu pegar..."

O telefone tocou.

"Com licença", disse Lev. "Vá se servindo. Aqui estão as torradas e os caramelos. Volto já, já." Saiu correndo.

"O que há com Vossa Excelência?", perguntou Lechtcheyev. "O que é que está acontecendo? Que houve? Está doente? O quê? Não consigo ouvir. Fale mais alto."

"Um assunto inesperado", respondeu Lev. "Não recebeu meu recado?"

"Que recado que nada. Vamos. Hoje é dia de Natal, comprei o vinho, minha mulher tem um presente para você."

"Não dá", disse Lev. "Sinto muito mesmo..."

"Você é um sujeito engraçado! Escute, livre-se do que quer que você esteja fazendo e nós vamos direto para aí. Os Fuchs também estão aqui. Ou, então, tenho uma idéia melhor: trate de vir para cá. Como? Olya, cale a boca, não consigo ouvir nada. O que é que você falou?"

"Não posso. Está aqui o meu... Estou ocupado, esse é que é o caso."

Lechtcheyev soltou um palavrão tipicamente russo. "Até logo", disse Lev, sem graça, no fone já desligado.

A atenção de Serafim deslocara-se agora dos livros para um quadro pendurado na parede.

"Chamada de negócios. Uma amolação", disse Lev fazendo uma careta. "Me desculpe, por favor."

"Você tem muitos negócios?", perguntou Serafim sem tirar os olhos da oleogravura — uma moça de vermelho com um *poodle* cor de fuligem.

"Bom, dá para ganhar a vida — artigos de jornal, várias coisas", respondeu Lev vagamente. "E você, vai ficar aqui muito tempo?"

"Provavelmente vou embora amanhã. Passei só por alguns minutos para ver você. Hoje de noite ainda tenho de..."

"Sente, por favor, sente..."

Serafim sentou-se. Ficaram em silêncio por alguns momentos. Ambos estavam com sede.

"Estávamos conversando sobre livros", disse Serafim. "Por uma razão ou por outra, acabo não tendo nunca tempo para ler. Mas, no trem, por acaso peguei um livro qualquer e, como não tinha nada melhor para fazer, li o troço todo. Um romance alemão. Naturalmente, uma droga, mas bastante divertido. Era sobre um caso de incesto. Tudo começou quando..."

Relatou a história em pormenores. Lev ficou sacudindo a cabeça e contemplando o respeitável terno cinza, as bochechas lisas de Serafim, enquanto pensava: será que valia mesmo a pena reencontrar seu irmão depois de dez anos para discutir uma baboseira hipócrita escrita por Leonard Frank? Ele se aborrece tanto em me contar o negócio quanto eu em ouvi-lo. Deixe-me ver, tinha uma coisa que eu queria dizer... Esqueci. Que noite mais penosa.

"É, acho que também li esse livro. O assunto agora está na moda. Pegue aí um doce. Estou tão aborrecido com a história do chá. Você disse que achou Berlim muito mudada." (Gafe — já tinham falado sobre isso.)

"A americanização", respondeu Serafim. "O trânsito. Os edifícios impressionantes."

Houve uma pausa.

"Tenho uma coisa para perguntar", disse Lev, a voz saindo com dificuldade. "Sei que não é o seu campo de especialização, mas aqui nesta revista... Algumas partes eu não entendi. Aqui, por exemplo, essas experiências que ele fez."

Serafim pegou a revista e começou a explicar: "O que é que você viu de complicado nisso? Antes que se forme um campo magnético — você sabe o que é um campo magnético? —, tudo bem, antes que ele se forme, precisa haver um campo elétrico. Suas linhas de força se situam em planos diferentes, que passam por aquilo que se convencionou chamar de vibrador. Não esqueça que, de acordo com os ensinamentos de Faraday, as linhas magnéticas têm a forma de um círculo fechado, enquanto as elétricas são sempre abertas. Me dê um lápis — não, está bem, tenho um aqui... Obrigado, muito obrigado, tenho um aqui."

Continuou a explicar, levando um tempão para desenhar alguma coisa, enquanto Lev concordava humildemente com a cabeça. Falou de Young, de Maxwell, de Hertz. Uma aula das boas. Ao final, pediu um copo de água.

"Está mesmo na hora de ir embora, você sabe", disse ele, passando a língua pelos lábios e repondo o copo sobre a mesa. "Está na hora." Extraiu um grosso relógio de algum ponto na região da barriga. "É, está na hora."

"Que nada, fique mais um pouco", balbuciou Lev, mas Serafim sacudiu a cabeça e levantou-se, puxando para baixo o colete. Seu olhar pousou de novo na oleogravura da moça de vermelho com o *poodle* preto.

"Você se lembra do nome dele?", perguntou Serafim com seu primeiro sorriso genuíno da noite.

"Nome de quem?"

"Ah, você sabe — Tikhotski costumava nos visitar na *dacha* com uma moça e um *poodle*. Qual era o nome do *poodle*?"

"Espere um instante", disse Lev. "Espere um instante. É, isso mesmo. Vou lembrar já, já."

"Era preto", disse Serafim. "Muito parecido com esse... Onde é que você pôs meu casaco? Ah, está lá. Já peguei."

"Também me fugiu da cabeça", disse Lev. "Ah, como é que ele se chamava mesmo?"

"Deixe para lá. Que se dane. Vou indo. Bem... Gostei muito de ver você..." Vestiu o casacão com agilidade apesar de sua corpulência.

"Vou acompanhar você", disse Lev, apanhando sua sovada capa de chuva.

Sem jeito, ambos limparam a garganta ao mesmo tempo. Desceram as escadas em silêncio e chegaram à calçada. Chuviscava.

"Vou tomar o metrô. Mas qual era o nome? Era preto e tinha uns pompons nas patas. Minha memória está ficando incrivelmente fraca."

"Tinha um 'k'", respondeu Lev. "Pelo menos isso eu sei — tinha um 'k'."

Atravessaram a rua.

"Que tempo mais úmido", disse Serafim. "Muito bem... Será que não vamos nos lembrar? Você acha mesmo que tinha um 'k'?"

Viraram a esquina. Luz de lampião. Poça. Edifício dos correios às escuras. Velha mendiga postada como sempre junto à máquina de vender selos. Ela estendeu a mão com duas caixas de fósforos. Um reflexo do lampião iluminou o rosto encovado; uma gota reluzente tremelicou sob sua narina.

"Realmente é um absurdo!", exclamou Serafim. "Sei que está guardado numa célula do meu cérebro, mas não consigo chegar até lá."

"Qual era o nome... como se chamava?", ecoou Lev. "É realmente um absurdo que nós não possamos... Lembra como uma vez o cachorro se perdeu, e você e a namorada do Tikhotski rodaram durante horas no bosque procurando por ele? Tenho certeza de que existe um 'k' e talvez um 'r' em algum lugar."

Chegaram à praça. Do outro lado brilhava uma ferradura cor de pérola sobre um vidro azul — o emblema do metrô. Alguns degraus conduziam às profundezas da terra.

"Ela era um estouro, aquela moça", disse Serafim. "Bom, desisto. Cuide-se. Um dia desses nos vemos outra vez."

"Era alguma coisa parecida com Turk... Trick... Não, não está me ocorrendo. Perdi as esperanças. Cuide-se também. Boa sorte."

Serafim acenou com a mão bem aberta, suas costas largas se curvaram e desapareceram escada abaixo. Lev começou a caminhar lentamente de volta, atravessando a praça, passando pelos correios e pela mendiga... Parou de chofre. Em algum recanto de sua memória havia um indício de movimento, como se algo muito pequeno tivesse despertado e começasse a se agitar. A palavra permanecia invisível, mas sua sombra já despontara por trás de uma esquina, e ele queria pisar naquela sombra a fim de impedi-la de recuar e desaparecer de novo. Droga, tarde demais. Tudo se esvaeceu. Entretanto, no momento mesmo em que seu cérebro parou de se esforçar, a coisa outra vez se agitou, agora de forma mais perceptível; e, como um camundongo que emerge de uma fresta quando o quarto está tranqüilo, ele viu aparecer furtivamente, silenciosamente, misteriosamente, o corpúsculo vibrante de uma palavra... "Me dá a pata, Joker." Joker! Como era simples. Joker...

Olhou para trás num gesto involuntário, pensando como Serafim, sentado no vagão subterrâneo, talvez também se houvesse lembrado. Que reencontro lastimável.

Lev suspirou fundo, olhou para seu relógio e, vendo que ainda não era tão tarde, decidiu seguir para a casa dos Lechtcheyev. Podia bater palmas debaixo da janela, quem sabe eles ouviriam e o convidariam para entrar.

UMA FATIA DE VIDA

O título original desta divertida história é "Slutchay iz jizni". A primeira palavra significa "ocorrência" ou "caso", e as duas últimas, "da vida". Essa combinação de vocábulos tem em russo um matiz deliberado de lugar-comum e um toque jornalístico que se perdem na versão literal. A fórmula que escolhi para a tradução em inglês, *A slice of life*, é mais autêntica nesse idioma, sobretudo porque se ajusta muito bem à linguagem primitiva de meu principal personagem (basta ouvir os disparates que ele diz no bar antes que comece o tumulto).

Qual foi sua intenção, meu senhor, ao tomar da pena para redigir este conto quarenta anos atrás, em Berlim? Bem, de fato usei uma caneta (pois nunca aprendi a escrever à máquina, e o longo reinado do lápis 3B, com uma borrachinha na ponta, só teve início muito depois — em motéis e carros estacionados); mas nunca me moveu nenhuma "intenção" ao redigir meus contos — destinados a mim mesmo, à minha mulher e a uma meia dúzia de queridos amigos, que riam baixinho ao lê-los mas hoje já estão mortos. Foi publicado pela primeira vez no *Poslednie Novosti*, um jornal de emigrados de Paris, em 22 de setembro de 1935, tendo sido incluído três anos mais tarde na coletânea *Soglyadatay, Russkiya Zapiski* (Anais Russos, 51, rue de Turbigo, Paris — um endereço legendário).

No aposento ao lado, Pavel Romanovitch ria às gargalhadas enquanto contava como tinha sido abandonado por sua mulher.

Não pude mais suportar o som daquela horrível hilaridade e, sem nem mesmo consultar o espelho, assim como estava — o vestido amarrotado pela sesta indecorosa que havia tirado após o almoço, o rosto sem dúvida ainda marcado pelo travesseiro —, fui para o aposento vizinho (a sala de jantar de meu senhorio) e deparei com a seguinte cena: o senhorio, que se chamava Plekhanov (nenhum parentesco com o filósofo socialista), estava sentado e ouvia com ar de encorajamento — sem parar de encher os tubos de cigarros russos com um injetor de tabaco —, enquanto Pavel Romanovitch caminhava em volta da mesa, com uma cara de pesadelo cuja palidez parecia se estender para o resto de sua cabeça, que era raspada à navalha e tinha um aspecto geral bastante asseado: um tipo muito russo de asseio, que normalmente faria pensar nos briosos soldados do batalhão de engenheiros, mas que naquele momento me dava a sensação de algo maléfico, tão assustador quanto o crânio de um condenado.

Na verdade, ele tinha vindo à procura de meu irmão, que acabara de sair, mas não se importou com isso: como sua amargura necessitava de uma válvula de escape, encontrou um ouvinte atento naquele indivíduo pouco simpático, que mal conhecia. Ele ria, embora seus olhos não participassem das gargalhadas, enquanto relatava como sua mulher havia recolhido as coisas pelo apartamento todo, como tinha levado por engano seus óculos prediletos, como todos os parentes dela já sabiam da coisa antes que ele soubesse, como se perguntou...

"Sim, essa é uma boa questão", continuou, agora se dirigindo diretamente a Plekhanov, um viúvo temente a Deus (pois até então vinha lançando sua arenga aos quatro ventos), "uma ótima questão, muito interessante: como será no Além? Ela vai morar comigo ou com aquele porco?"

"Vamos para o meu quarto", disse-lhe em meu tom de voz mais cristalino — e só então ele notou minha presença: eu estivera de pé, pateticamente encostada a um canto do aparador negro no qual meu corpo diminuto, vestido de preto, parecia ter se fundido —, sim, estou sempre de luto, por todos, por tudo, por mim própria, pela Rússia, pelos fetos arrancados de dentro de mim. Passamos para o minúsculo quarto que eu alugava: nele mal cabia o divã que havia ali, absurdamente largo, forrado de seda, tendo ao lado uma mesinha baixa com uma lâmpada cuja base era uma verdadeira bomba de vidro grosso, cheia de água — e nessa atmosfera aconchegante Pavel Romanovitch transformou-se de imediato em outro homem.

Sentou-se em silêncio, esfregando os olhos inflamados. Enrosquei-me junto a ele, ajeitei com uns tapinhas as almofadas à nossa volta e perdi-me em pensamentos, os pensamentos de uma mulher quando apóia o queixo na mão, enquanto contemplava sua cabeça cor de turquesa, os ombros largos e fortes que ficariam muito melhor numa túnica militar que no jaquetão por ele usado. Ao olhá-lo, perguntava-me com espanto como me havia apaixonado por aquele sujeito baixo e atarracado, de feições insignificantes (exceto pelos dentes — Deus meu, que dentes magníficos!); e, no entanto, caíra de amores por ele uns dois anos antes, no começo de minha vida de emigrada em Berlim, quando ele apenas planejava casar-se com sua deusa — e como eu tinha perdido a cabeça, como chorara por causa dele, como em meus sonhos havia sido perseguida por aquela corrente fina de aço em torno de seu pulso cabeludo!

Extraiu do bolso de trás da calça a volumosa cigarreira "de guerra" (como ele a chamava). Sacudindo a cabeça com ar de desalento, bateu repetidamente a ponta de seu cigarro russo no tampo da cigarreira, mais vezes que de costume.

"É, Maria Vasilevna", disse por fim entre os dentes enquanto acendia o cigarro, erguendo bem alto as sobrancelhas triangulares. "É, ninguém podia prever uma coisa dessas. Eu tinha tanta confiança naquela mulher, uma confiança total."

Após seu recente acesso de loquacidade ininterrupta, tudo parecia estranhamente quieto. Ouvia-se a chuva tamborilando no peitoril da janela, os estalidos do injetor de tabaco de Plekhanov, os gemidos de um velho cachorro neurótico trancado no quarto de meu irmão, do outro lado do corredor. Não sei por que motivo — talvez porque o tempo estivesse tão cinzento, ou talvez porque o tipo de infortúnio que se abatera sobre Pavel Romanovitch exigia alguma reação da parte do mundo que nos circundava (dissolução, eclipse) —, tinha a impressão de que já era noite alta, conquanto não passasse das três da tarde, e supostamente eu ainda devesse ir até o outro extremo de Berlim a fim de fazer algo que meu querido irmão pedira, e que ele próprio podia muito bem fazer.

Pavel Romanovitch voltou a falar, agora em tons sibilantes: "Aquela velha nojenta", disse ele, "foi ela e mais ninguém que serviu de alcoviteira, que empurrou um para o outro. Sempre achei a velha asquerosa, e nunca escondi isso da Lenotchka. Que cadela! Você já a viu, não é mesmo? — beirando os sessenta, o cabelo pintado de vermelho, gorda, tão gorda que as costas dela parecem redondas. É uma pena que o Nicholas tenha saído. Diga a ele para me chamar tão logo chegue. Como você sabe, sou um homem simples, sem papas na língua, e há séculos venho dizendo à Lenotchka que a mãe dela é ruim como uma cobra. Agora, o que eu quero fazer é o seguinte: quem sabe seu irmão pode me ajudar a escrever uma carta para a desgraçada da velha — uma espécie de declaração formal explicando que eu sei, que me dou conta perfeitamente de quem instigou tudo, quem empurrou minha mulher — é, alguma coisa nessa base, mas, naturalmente, num estilo muito cortês".

Não disse nada. Aqui estava ele, visitando-me pela primeira vez (suas visitas ao Nick não contavam), pela primeira vez sentado em meu Kautsch, derrubando cinza de cigarro nas minhas almofadas coloridas; e, entretanto, aquilo que antes teria me dado um prazer divino, agora não me alegrava nem um pouquinho. Gente honesta já vinha comentando que seu casamento fora um fracasso, que sua mulher provara ser uma boboca vulgar e leviana — e rumores proféticos havia muito tempo diziam que ela tinha como amante exatamente o bobalhão que agora tinha sucumbido à sua beleza algo bovina. Por isso, a notícia do rompimento não chegou a me surpreender; de fato, talvez já esperasse vagamente que algum dia Pavel Romanovitch seria depositado a meus pés pelas ondas da tempestade. Porém, por mais que remexesse dentro de mim, não encontrava uma única migalha de alegria; pelo contrário, meu coração estava, ah, tão pesado que nem consigo dizer quanto. Devido a algum tipo de conluio entre meus parceiros, todos os romances que vivi seguiam de modo invariável um padrão preestabelecido de mediocridade e tragédia, ou, mais precisamente, o ângulo trágico era imposto por sua própria mediocridade. Sinto vergonha ao lembrar como começaram e horror da sordidez com que acabaram, enquanto a parte do meio, aquela que deveria ser a essência, o âmago, de cada caso, está gravada em minha memória como uma espécie de dança apática, vista através de uma lâmina de água lodosa ou de um nevoeiro pegajoso. Minha paixão por Pavel Romanovitch tivera ao menos a deliciosa vantagem de haver permanecido fria e encantadora, à diferença das demais; mas aquele sentimento, tão remoto, tão profundamente sepultado no passado, estava agora pedindo emprestado ao presente, em ordem inversa, um quê de infortúnio, de fracasso, até mesmo de pura e simples mortificação, só porque eu estava sendo obrigada a ouvir aquele homem reclamar de sua mulher, de sua sogra.

"Realmente espero", disse ele, "que o Nick volte logo para casa. Ainda tenho um outro plano de reserva, que me parece excelente. E, enquanto isso, acho melhor ir andando."

Eu continuava sem dizer nada, olhando-o com uma imensa tristeza, meus lábios ocultos pela borda do xale preto. Ele ficou de pé por alguns momentos junto à janela, em cujo vidro, dando cambalhotas, zumbindo e batendo, uma mosca foi subindo, subindo, até escorregar de volta para o peitoril. Ele então passou os dedos pelas lombadas dos livros na estante. Tal como a maioria das pessoas que lêem pouco, tinha uma afeição servil pelos dicionários, e logo depois puxou um grosso volume cor-de-rosa que trazia na capa a cabeça emplumada de um dente-de-leão e uma moça de cachos vermelhos.

"*Khorochaya chtooka*", disse ele, engasgando-se com a *chtooka* (coisa) e caindo de repente no pranto. Fiz com que se sentasse perto de mim no divã; ele inclinou-se para o lado, os soluços cada vez mais fortes, e terminou enfiando o rosto no meu colo. Afaguei ligeiramente seu couro cabeludo quente e áspero como uma lixa, a nuca rosa e robusta que tanto me atrai nos homens. Pouco a pouco os espasmos foram diminuindo de intensidade. Deu-me uma mordidela carinhosa por cima da saia e voltou a sentar-se.

"Sabe de uma coisa?", disse Pavel Romanovitch, batendo sonoramente as palmas côncavas das mãos postas na horizontal (não pude deixar de sorrir ao me lembrar de um tio meu, proprietário de terras na região do Volga, que costumava reproduzir dessa forma o som que faziam as vacas de ar digno ao passar em procissão e deixar cair seus pesados bolos de excremento). "Sabe de uma coisa, minha querida? Vamos para o meu apartamento. Não posso suportar a idéia de ficar lá sozinho. Jantamos por lá mesmo, tomamos uns goles de vodca e depois vamos a um cinema — o que você acha?"

Não podia recusar sua oferta, embora soubesse que ia me arrepender. Enquanto telefonava para desmarcar a ida ao antigo emprego de Nick (ele estava precisando das galochas que havia deixado lá), vi no espelho do hall que estava parecendo uma freirinha sorumbática, de rosto severo e cor de cera; mas um minuto depois, enquanto passava batom nos lábios e colocava o chapéu, mergulhei por assim dizer no fundo de meus olhos grandes, negros e experientes, e lá descobri um brilho que nada tinha de monástico — até mesmo através do véu eles cintilavam, Deus meu, como cintilavam!

No bonde, a caminho de seu apartamento, Pavel Romanovitch mais uma vez se mostrou distante e tristonho: vinha lhe contando sobre o novo emprego de Nick na biblioteca eclesiástica, mas seu olhar fugia o tempo todo, obviamente não estava me escutando. Chegamos. A desordem nos três modestos aposentos onde ele tinha vivido com sua Lenotchka era simplesmente indescritível — como se os pertences dos dois houvessem se empenhado numa batalha campal. A fim de distraí-lo, comecei a me fazer de camareira, vesti um avental minúsculo que havia sido esquecido num canto da cozinha, restabeleci a paz entre os móveis em desalinho, arrumei a mesa com bastante esmero — tanto assim que Pavel Romanovitch bateu as mãos de novo e decidiu fazer um *borscht* (tinha grande orgulho de suas habilidades culinárias).

Após dois ou três copinhos de vodca ele se tornou imoderadamente ativo e pseudo-eficiente, como se em realidade existisse algum projeto que devesse ser executado com presteza. Fico na dúvida se ele se deixou intoxicar pela solenidade teatral que os mais resolutos amantes da vodca assumem ao beber, ou se de fato acreditava que, ainda no meu quarto, havíamos começado a planejar e a discutir alguma coisa — mas lá estava ele, enchendo a caneta e trazendo com ar sério o que chamou de dossiê: cartas que recebera de sua mulher na primavera anterior em Bremen, para onde fora mandado pela companhia de seguros de emigrados na qual trabalhava. Começou a citar passagens das cartas provando que ela o amava, e não ao outro sujeito. Nos intervalos repetia certos chavões para demonstrar eficiência, tais como "Tenho dito",

"Correto", "Vejamos agora" — tudo isso sem parar de beber. Sua argumentação resumia-se à idéia de que, se Lenotchka tinha escrito "Te faço um carinho em pensamento, meu querido Babuinovitch", ela não podia estar apaixonada por outro homem, e, se achava estar, seu erro deveria lhe ser pacientemente explicado. Após mais alguns copinhos mudou de comportamento, seu semblante ficou mais sombrio e grosseiro. Sem nenhum motivo, tirou os sapatos e as meias, começou a soluçar, andando aos prantos de um extremo ao outro do apartamento, ignorando por completo minha presença e chutando ferozmente para o lado, com o pé forte e descalço, a cadeira em que esbarrava a cada volta. De passagem, conseguiu esvaziar a garrafa, entrando logo depois numa terceira fase, a parte final daquele silogismo etílico que, de conformidade com as mais estritas regras dialéticas, já havia unido o espetáculo inicial de alegre eficácia a um período intermediário de profundo abatimento. No presente estágio, tudo indicava que eu e ele nos havíamos posto de acordo com respeito a alguma coisa (o que, exatamente, permanecia bastante indefinido) que comprovava ser o amante dela o mais execrável dos vilões e que, segundo o plano, eu deveria ir vê-la por minha própria conta para lhe fazer uma "advertência". Além disso, eu deveria deixar claro que Pavel Romanovitch era absolutamente contrário a qualquer pressão ou intromissão, pois mantinha uma atitude de angélico desinteresse. Antes que eu pudesse desembaraçar meus pensamentos, a essa altura inteiramente enredados na teia de seus viscosos sussurros (enquanto ele calçava às pressas os sapatos), vi-me ligando para a mulher dele; e só ao ouvir sua voz aguda, imbecilmente sonora, de repente me dei conta de que, além de bêbada, estava fazendo papel de idiota. Bati o telefone, mas ele começou a beijar minhas mãos frias, que se crispavam a cada beijo, e terminei por ligar para ela de novo; tendo sido reconhecida sem entusiasmo, disse que tinha de vê-la com urgência e, após uma ligeira hesitação, ela concordou em me receber imediatamente. Quando nos preparávamos para sair, entendi que o plano amadurecera em seus menores detalhes e era surpreendentemente simples. Eu devia dizer a Lenotchka que Pavel Romanovitch precisava lhe entregar alguma coisa de excepcional importância que não tinha nada, absolutamente nada, a ver com o rompimento (deu grande ênfase a esse ponto, saboreando sua perícia tática) e que estaria esperando por ela no bar do outro lado da rua.

Levei uma eternidade, uma nebulosa eternidade, para subir as escadas; por alguma razão, atormentava-me terrivelmente o pensamento de que em nosso último encontro eu estava usando o mesmo chapéu e a mesma pele preta de raposa. Lenotchka, por sua vez, apareceu vestida com grande elegância. Parecia ter saído do cabeleireiro, embora os cachos deixassem a desejar e, de modo geral, ela estivesse menos vistosa; em volta de sua boca, pintada com todo o requinte, pequenas bolsas inchadas punham a perder todo o esforço para embelezá-la.

"Não acredito nem por um minuto", disse ela, olhando-me de cima a baixo com curiosidade, "que seja alguma coisa tão importante, mas se ele acha que ainda não acabamos de discutir, está bem, concordo em ir, mas quero que haja testemunhas, tenho medo de ficar sozinha com ele. Já basta o que agüentei, muitíssimo obrigada."

Ao entrarmos no bar, Pavel Romanovitch estava sentado, os cotovelos fincados numa mesa junto ao balcão; esfregou com o dedo mínimo os olhos rubros e desprotegidos pela ausência dos óculos, enquanto, num tom monocórdio, transmitia em pormenores o que ele costumava chamar de uma "fatia de vida" ao total estranho sentado à sua mesa, um alemão altíssimo, de cabelos cuidadosamente repartidos ao meio mas com a nuca coberta de pelugem negra e unhas roídas até o sabugo.

"Mas meu pai", dizia Pavel Romanovitch em russo, "não quis se meter em nenhuma encrenca com as autoridades e então decidiu botar uma cerca em volta do troço. Perfeito, assim ficava tudo certo. Nossa casa ficava mais ou menos à mesma distância que a deles..." — olhou à volta, cumprimentou distraidamente sua mulher com um aceno de cabeça e continuou na mesma toada — "como daqui até os trilhos do bonde, por isso eles não tinham nenhum direito de reclamar. Mas, convenhamos, passar o outono inteiro em Vilna sem eletricidade não é brincadeira. Bom, aí, muito a contragosto..."

Não consegui atinar com o que ele estava dizendo. O alemão ouvia obedientemente, de boca entreaberta: como seu conhecimento de russo era precário, extraía algum prazer do simples processo de tentar entender. Lenotchka, sentada tão perto de mim que eu sentia o calor desagradável de seu corpo, começou a remexer na bolsa.

"A doença de meu pai", prosseguiu Pavel Romanovitch, "contribuiu para a decisão dele. Se você viveu mesmo lá, como diz que viveu, então sem dúvida se lembra daquela rua. É muito escura de noite, e não é raro a gente ler que..."

"Pavlik", disse Lenotchka, "aqui está o seu pincenê, botei por engano na minha bolsa."

"É muito escura de noite", repetiu Pavel Romanovitch, ao mesmo tempo que abria o estojo de óculos que havia sido empurrado em sua direção por cima da mesa. Pôs os óculos, puxou do bolso um revólver e começou a atirar em Lenotchka.

Soltando um urro, ela caiu para baixo da mesa me levando de cambulhada, enquanto o alemão tropeçou por cima de nós e se juntou na queda, de tal modo que acabamos os três entrelaçados no chão; mas tive tempo de ver um garçom correr por trás do agressor e, com grande deleite, com uma força monstruosa, acertá-lo na cabeça com um cinzeiro de ferro. Depois disso, como é comum nesses casos, houve uma lenta rearrumação do mundo estraçalhado, da qual participaram curiosos, policiais e enfermeiros. Exagerando nos gemidos, Lenotchka (uma das balas havia apenas atravessado seu ombro gordo e bronzeado de sol) foi removida para o hospital, porém, curiosamente, não vi como levaram Pavel Romanovitch do bar. Quando tudo tinha terminado — isto é, depois que todas as coisas haviam voltado a seus lugares: lampiões, casas, estrelas —, encontrei-me caminhando pela calçada deserta na companhia de nosso sobrevivente alemão: o belo homenzarrão, sem chapéu, vestindo uma enorme capa de chuva, boiava a meu lado e, de início, pensei que estivesse me levando para minha casa, até que me dei conta de que estávamos a caminho da dele. Paramos na frente do edifício onde morava e ele me explicou — lentamente, com um ar grave mas não sem um certo toque de poesia, sabe-se lá por que num mau francês — que não podia me levar a seu quarto pois vivia com um companheiro que fazia para ele o papel de pai, irmão e mulher. Suas desculpas me pareceram tão insultuosas que lhe disse para chamar um táxi imediatamente e me levar para casa. Ele deu um sorriso amedrontado e fechou a porta na minha cara, com o que me vi andando por uma rua que, embora a chuva tivesse parado algumas horas antes, permanecia molhada e transmitia um sentimento de profunda humilhação — sim, lá estava eu, caminhando sozinha como estava fadada a caminhar desde o começo dos tempos, e diante de meus olhos Pavel Romanovitch continuava a se erguer aos poucos, limpando o sangue e as cinzas que cobriam sua pobre cabeça.

NATAL

"Rojdestvo" foi escrito em Berlim nos últimos meses de 1924, publicado nos números de 6 e 8 de janeiro de 1925 do jornal *Rul'* e incluído na coletânea *Vozvrachtchenie Tchorba* (Berlim, Slovo, 1930). Lembra estranhamente o tipo de problema de xadrez denominado "autoxeque-mate".

1

Após caminhar da aldeia até sua mansão senhorial em meio à neve que mergulhava na penumbra, Sleptsov sentou-se a um canto, numa cadeira forrada de veludo que ele não se lembrava de algum dia ter usado. Era o tipo de coisa que acontece depois de alguma grande desgraça. Não é seu irmão, mas um conhecido fortuito, um vago proprietário vizinho em quem você nunca prestou muita atenção, com quem em tempos normais mal troca um cumprimento, que o consola com palavras sábias e bondosas, que lhe entrega o chapéu que você deixou cair após o enterro, quando você está cambaleando de dor, os dentes batendo, os olhos cegados pelas lágrimas. O mesmo se pode dizer dos objetos inanimados. Na ala pouco usada de uma grande mansão, qualquer aposento, mesmo o mais aconchegante e o mais absurdamente pequeno, possui um canto aonde ninguém vai. E era num desses cantos que Sleptsov estava sentado.

A ala se unia por uma galeria de madeira — agora quase semi-soterrada sob as enormes massas de neve tangidas pelo vento do norte da Rússia — à casa principal, que só era ocupada no verão. Não havia nenhuma necessidade de acordá-la, de aquecê-la: o dono do solar viera de Petersburgo apenas por alguns dias e se instalara no anexo, onde era bastante simples pôr a funcionar os aquecedores de cerâmica branca holandesa.

Continuava sentado em seu canto, naquela cadeira forrada de veludo, como se estivesse na sala de espera de um médico. O aposento boiava na escuridão; o azul-profundo do começo da noite se filtrava através das plumas de cristal de gelo nos vidros das janelas. Ivan, o criado tranqüilo e corpulento — que recentemente havia raspado o bigode e ficara parecido com seu pai, já falecido, o antigo mordomo da família —, trouxe uma lâmpada de querosene transbordante de luz. Colocou-a numa mesinha e, sem fazer o menor ruído, a engaiolou no abajur de seda rosa. Por uma fração de segundo, um espelho inclinado refletiu a orelha iluminada de Ivan e seu cabelo grisalho cortado bem rente. Feito isso, ele se retirou, e a porta emitiu um ligeiro rangido.

Sleptsov ergueu a mão que repousava sobre o joelho e a examinou lentamente. Uma gota de cera de vela se havia endurecido na fina dobra de pele entre dois dedos. Espraiou os dedos, e a pequena escama branca se rompeu.

2

Na manhã seguinte, após uma noite repleta de sonhos absurdos e fragmentários, totalmente alheios à sua dor, Sleptsov saiu para a gélida varanda e uma tábua do assoalho o recebeu com uma alegre detonação a seus pés, enquanto os reflexos das vidraças multicores formavam losangos paradisíacos nos bancos caiados e sem almofadas ao longo das janelas. A porta de fora resistiu de início, para depois se abrir com um delicioso ruído de coisa triturada. A neve ofuscante atingiu-lhe o rosto em cheio. A areia avermelhada, previdentemente espalhada sobre a camada de gelo que cobria os degraus da varanda, lembrava borrifos de canela; grossos sincelos injetados de um azul-esverdeado pendiam dos beirais do telhado. A neve empilhada chegava à altura das janelas do anexo, cingindo a compacta estrutura de madeira entre suas garras gélidas. Os montículos de um branco cremoso, que no verão eram canteiros de flores, erguiam-se ligeiramente acima da neve lisa em frente à varanda, e mais ao longe avultava a radiância do parque, onde cada ramo negro tinha uma borda prateada e os pinheiros pareciam encolher suas patas verdes sob o fardo alentado e cintilante das copas.

Usando botas de feltro de cano alto e um casaco curto forrado de pele, com gola de astracã, Sleptsov seguiu a passos lentos por um caminho em linha reta, o único em que a neve havia sido retirada, rumo àquela paisagem longínqua e cegante. Surpreendia-o estar ainda vivo, ser capaz de perceber o brilho da neve e sentir os dentes da frente doerem de frio. Notou até que um arbusto coberto de neve assemelhava-se a uma fonte, e que um cachorro deixara sobre o declive de um montinho de neve uma série de marcas cor de açafrão, que haviam penetrado por sua crosta como pequenas queimaduras. Pouco adiante, os suportes de uma ponte para pedestres projetavam-se para fora da neve, e lá Sleptsov parou. Com amargura, com raiva, varreu do parapeito a camada espessa e felpuda que o encobria. Lembrava-se vividamente de como era aquela ponte no verão. Sobre as tábuas escorregadias, salpicadas de flores de bétula, lá vinha seu filho, que num movimento ágil da rede pegava a borboleta que pousara num esteio. Agora o menino vê seu pai. Um sorriso perdido para sempre ilumina seu rosto sob a aba repuxada para baixo de um chapéu de palha queimado pelo sol; sua mão brinca com a correntinha da bolsa de couro presa ao cinto; suas queridas pernas lisas e bronzeadas, nos shorts de sarja e nas sandálias encharcadas, plantam-se no chão, bem afastadas, assumindo a posição costumeira e tão cheia de alegria. Poucos dias atrás, em São Petersburgo, após balbuciar no delírio palavras sem nexo sobre a escola, sobre sua bicicleta, sobre uma grande mariposa do Oriente, ele morrera, e ontem Sleptsov havia trazido o caixão — sobrecarregado, assim parecera, com o peso de toda uma vida — para enterrá-lo no jazigo da família próximo à igreja da aldeia.

Tudo estava em silêncio, naquele silêncio sem igual de um dia límpido e glacial de inverno. Sleptsov ergueu bem alto a perna, abandonou o caminho e, deixando atrás de si depressões azuis na neve, avançou por entre os troncos de árvores espantosamente brancas até o lugar onde o parque descia em direção ao rio. Bem abaixo, blocos de gelo cintilavam junto a um buraco cortado na lisa superfície branca e, na margem oposta, colunas muito retas de fumaça rosa elevavam-se por sobre os tetos cobertos de neve das cabanas feitas de toros. Sleptsov tirou o boné de astracã e encostou-se a um tronco. A distância, camponeses cortavam lenha — cada golpe sonoro ricocheteando rumo ao céu — e, acolá da tênue névoa prateada das árvores, bem acima das isbás acachapadas, o sol refletia o sereno resplendor da cruz que coroava a igreja.

3

Foi para lá que ele rumou depois do almoço, no velho trenó com um assento de espaldar alto e reto. Os testículos do garanhão preto estalavam audivelmente no ar gélido, as plumas brancas dos ramos baixos deslizavam acima de sua cabeça, os sulcos da estrada à frente do trenó emitiam um brilho azul-prateado. Ao chegar, sentou-se durante quase uma hora junto ao túmulo, apoiando a mão pesada na grade de ferro que lhe queimava os dedos através da luva de lã. Voltou para casa com um ligeiro sentimento de decepção, como se lá, dentro do jazigo, tivesse ficado ainda mais distante de seu filho do que aqui, onde estavam preservados sob a neve os inumeráveis rastros deixados no verão por suas sandálias velozes.

De noite, dominado por um acesso de intensa tristeza, mandou que fosse destrancada a casa principal. Quando a porta se abriu com um gemido profundo, um sopro fresco, que nada tinha de hibernal, veio do ressonante vestíbulo cujas janelas estavam protegidas por barras de ferro. Sleptsov tomou das mãos do vigia a lâmpada com seu refletor de lata e entrou sozinho na casa. O assoalho estalava estranhamente a cada passo. Uns após os outros, os aposentos se encheram de uma luz amarelada, mas os móveis cobertos de pano eram irreconhecíveis: em vez do candelabro tilintante, um saco mudo pendia do teto; e a enorme sombra de Sleptsov, estendendo lentamente um braço, flutuou ao longo da parede e sobre os quadrados cinzentos das pinturas veladas.

Entrou no quarto que servia de escritório para seu filho no verão, colocou a lâmpada no peitoril e, quebrando as unhas ao fazê-lo, abriu as folhas com dobradiças da janela conquanto lá fora tudo estivesse mergulhado nas trevas. A chama amarela da lâmpada ligeiramente fumegante refletiu-se no vidro azul, onde seu rosto grande e barbudo também apareceu por um segundo.

Sentou-se diante da escrivaninha nua e, por sob o cenho franzido, examinou severamente o pálido papel de parede com suas guirlandas de rosas azuladas; um armário estreito de escritório com gavetas de cima a baixo; o divã e as poltronas cobertas de pano; e de repente, deixando a cabeça tombar sobre a escrivaninha, ele começou a tremer, apaixonadamente, ruidosamente, apertando primeiro os lábios e depois o rosto úmido contra a madeira fria e poeirenta, as mãos agarradas às extremidades do tampo.

Na escrivaninha encontrou um livro de anotações, pranchas para exibir borboletas, uma boa reserva de alfinetes pretos e uma lata de biscoitos ingleses contendo um casulo grande e exótico que havia custado três rublos. Tinha a consistência de papel e se assemelhava a uma folha marrom enrolada. Seu filho se lembrara do casulo durante a doença, penalizado por tê-lo deixado para trás, embora o consolasse a idéia de que a crisálida no seu interior já estaria provavelmente morta. Encontrou também uma rede rasgada; um saco de tarlatana com uma argola dotada de dobradiças (e a musselina cheirava ainda a verão e a capim aquecido pelo sol).

Então, curvando-se mais ainda, todo o seu corpo sacudido pelos soluços, começou a abrir uma a uma as gavetas cobertas de vidro do armário. Na luz fraca do lampião, as fileiras regulares de espécimes brilhavam sedosamente sob o vidro. Ali, naquele mesmo quarto, naquela mesma escrivaninha, seu filho tinha disposto as asas de suas presas. Primeiro, prendia com alfinetes o inseto cuidadosamente morto no sulco forrado de cortiça da prancha, entre as varetas ajustáveis de madeira, e depois fixava com tiras de papel providas de alfinetes as asas ainda frescas e macias. Havia muito elas já tinham se secado e sido transferidas para o armário — as espetaculares papiliônidas, os brilhantes licenídeos azuis e cor de cobre, os diversos ninfalídeos, alguns fixados de costas para exibir os ventres nacarados. Seu filho costumava pronunciar os nomes latinos de cada espécime com um gemido de triunfo ou num tom jocoso de desdém. E as mariposas, ah, as mariposas, o primeiro esfingídeo capturado cinco verões antes!

4

A noite enluarada era de um azul-esfumaçado; nuvens ralas se espalhavam por todo o céu mas não tocavam a lua frígida e delicada. As árvores, massas de gelo cinzento, lançavam sombras escuras sobre as pilhas de neve, que cintilavam aqui e ali com lampejos metálicos. Na sala do anexo, forrada de veludo e bem aquecida, Ivan pusera sobre a mesa um pinheirinho de uns sessenta centímetros de altura plantado num vaso de barro. Estava prendendo uma vela em sua ponta cruciforme quando Sleptsov voltou da casa principal, enregelado, os olhos vermelhos, manchas de poeira cinza no rosto, carregando uma caixa de madeira sob o braço. Vendo o pinheiro sobre a mesa, perguntou distraidamente:

"O que é isso?".

Pegando a caixa, Ivan respondeu numa voz baixa e suave: "Amanhã é dia de festa".

"Não, leve isso daqui", disse Sleptsov franzindo as sobrancelhas enquanto pensava consigo mesmo: "Será que hoje é a véspera do Natal? Como é que me esqueci?".

Ivan insistiu com gentileza:

"É verde, é bonito. Podia ficar um pouquinho aqui".

"Por favor, leve isso daqui", repetiu Sleptsov, curvando-se sobre a caixa que havia trazido. Nela juntara os pertences de seu filho — a rede de caçar borboletas dotada de dobradiças, a lata de biscoitos com o casulo em forma de pêra, a prancha de cortiça, os alfinetes na caixinha laqueada, o livro azul de anotações. Metade da primeira página havia sido arrancada e o fragmento restante continha um ditado em francês. Seguiam-se alguns registros diários, nomes de borboletas capturadas e outras notas:

"Atravessei o pântano até Borovitchi...".

"Hoje está chovendo. Joguei damas com papai, depois li *A fragata de Gontcharov*, uma chatice mortal."

"Dia maravilhosamente quente. Andei de bicicleta de tarde. Um cisco entrou no meu olho. Passei de propósito em frente à *dacha* dela duas vezes, mas não a vi..."

Sleptsov ergueu a cabeça, engoliu algo grande e quente. A quem estaria seu filho se referindo?

"Andei de bicicleta como de costume", continuou a ler. "Nossos olhos quase se encontraram. Minha querida, meu amor..."

"Isso é impensável", murmurou Sleptsov. "Não vou nunca saber..."

Curvou-se de novo, decifrando com avidez a caligrafia infantil que subia ao longo da página e infletia para baixo ao atingir a margem.

"Vi hoje uma *Nymphalis antiopa* que saiu há pouco do casulo. Isso quer dizer que o outono já anda perto. Choveu de tarde. Provavelmente ela foi embora e nem chegamos a nos conhecer. Adeus, minha querida. Sinto uma tristeza horrível..."

"Ele nunca me disse nada..." Sleptsov fez um esforço para lembrar-se, esfregando a testa com a palma da mão.

Na última página havia um desenho feito a tinta: um elefante visto de trás — dois grossos arcos, os cantos das orelhas e uma cauda minúscula.

Sleptsov levantou-se. Sacudiu a cabeça, sufocando outro acesso terrível de soluços.

"Não... agüento... mais", arrastou as palavras, a voz entrecortada por gemidos, repetindo ainda mais devagar: "Não... agüento... mais".

"Amanhã é Natal", veio súbito a lembrança, "e vou morrer. Claro. É tão simples. Hoje mesmo de noite..."

Puxou um lenço do bolso e enxugou os olhos, a barba, o rosto todo. O lenço ficou marcado de manchas escuras.

"... a morte", disse Sleptsov baixinho, como se concluísse uma longa frase.

O relógio tiquetaqueava. Arabescos de gelo se sobrepunham no vidro azul da janela. O caderno de notas aberto brilhava radiosamente sobre a mesa; junto a ele, a luz se coava através da musselina da rede de caçar borboletas e cintilava num canto da lata também aberta. Sleptsov cerrou as pálpebras com força e teve uma visão fugaz do que seria sua vida terrena, totalmente desnudada e compreensível — além de horrenda na sua tristeza, humilhantemente sem sentido, estéril, desprovida de milagres...

E nesse instante ouviu-se um estalido repentino — um ruído débil como aquele que faz um elástico esticado demais ao se quebrar. Sleptsov abriu os olhos. O casulo na caixa de biscoitos rompera-se em uma das pontas; uma criatura preta e enrugada, do tamanho de um camundongo, estava escalando a parede acima da escrivaninha. Parou, agarrando-se à superfície por meio de seis patas negras e peludas, e começou a palpitar estranhamente. Emergira da crisálida porque um homem prostrado pela dor havia transferido uma lata para seu aposento aquecido, e o calor tinha penetrado no hirto envelope de folhas e de seda; esperara esse momento por tanto tempo, reunira suas forças com tamanha intensidade, e agora, tendo se libertado, expandia-se lenta e miraculosamente. Pouco a pouco os tecidos enrugados e as bordas aveludadas se abriram; as veias pregueadas em forma de leque ficaram mais firmes ao se encher de ar. Transformou-se imperceptivelmente numa criatura alada, tal como um rosto que amadurece se torna imperceptivelmente belo. E suas asas — ainda débeis, ainda úmidas — continuaram a crescer e se distender até alcançarem o limite que Deus estabelecera para elas, e lá, na parede, em vez de uma massa informe de vida, em vez de um camundongo preto, surgiu uma grande mariposa *Attacus* igual às que voam como pássaros em torno das lâmpadas nos crepúsculos da Índia.

E então aquelas espessas asas negras, cada qual com um ocelo luzidio e uma fina penugem violácea salpicando as pontas dianteiras em forma de gancho, tomaram um sorvo profundo de ar sob o impulso de uma felicidade meiga, arrebatadora, quase humana.

UM HOMEM OCUPADO

O texto original em russo ("Zanyatoy tchelovek"), escrito em Berlim entre os dias 17 e 26 de setembro de 1931, foi publicado em 20 de outubro no jornal de emigrados *Poslednie Novosti*, em Paris, e incluído na coletânea *Soglyadatay, Russkiya Zapiski* (Paris, 1938).

Quem se ocupa demais com o modo como sua própria alma funciona termina por se defrontar com um fenômeno corriqueiro mas que não deixa de ser melancólico e até bastante curioso: testemunha a morte súbita de uma recordação insignificante que algum evento fortuito fez emergir do humilde e remoto asilo de pobres onde passava tranqüilamente os últimos anos de sua existência obscura. Ela pestaneja, ainda palpitando e refletindo a luz — mas no momento seguinte, diante de seus próprios olhos, solta um derradeiro suspiro e bate as botas, incapaz de suportar a transição demasiado abrupta para o cruel resplendor do presente. A partir de então, tudo o que lhe resta é uma sombra, uma cópia resumida daquela lembrança, agora tristemente desprovida do fascinante poder de convicção que o original possuía. Grafitski, um homem de temperamento ameno e que temia a morte, se lembrava de um sonho de menino que contivera uma profecia lacônica; porém, havia muito deixara de sentir qualquer vínculo orgânico com aquela reminiscência, pois, numa das primeiras vezes em que ela fora chamada de volta, tinha chegado já muito debilitada, morrendo logo depois — e o sonho de que ele agora se lembrava era apenas a recordação de uma recordação. Quando tinha tido aquele sonho? Data exata desconhecida, respondeu Grafitski empurrando para longe o potinho de vidro lambuzado de iogurte e fincando o cotovelo na mesa. Quando? Vamos... mais ou menos quando? Muito tempo antes. Presumivelmente entre seus dez e quinze anos: durante aquele período pensava com freqüência na morte, sobretudo à noite.

Seja como for, cá está ele — trinta e dois anos de idade, baixote mas de ombros largos, orelhas de abano transparentes, meio ator e meio literato, autor de versinhos sobre assuntos da atualidade publicados nos jornais de emigrados sob um pseudônimo muito pouco espirituoso (que fazia lembrar desagradavelmente o "Caran d'Ache" adotado por um cartunista imortal). Ei-lo aqui. Seu rosto se compõe de óculos escuros com armação de chifre sob os quais reluz um olhar de cego, além de uma verruga peluda na bochecha esquerda. Exibe uma calvície incipiente e, através dos cabelos cor de ouro desmaiado, com seus fios lisos escovados para trás, pode-se ver a camurça rosa-pálido de seu couro cabeludo.

Em que é que ele estava pensando agora há pouco? Qual era a recordação sob a qual sua mente cativa continuava a escavar? A lembrança de um sonho. Uma profecia que até então em nada prejudicara sua vida, mas que ultimamente, diante da aproximação de determinada data-limite, começava a ressoar com crescente insistência.

"Você tem de se controlar", gritou Itski para Graf em tom histérico. Limpou a garganta e caminhou até a janela fechada.

Insistência crescente. O número trinta e três — o tema do sonho — ficara enredado no seu inconsciente, as garras curvas como as de um morcego se tinham encravado em sua alma, e não havia maneira de desfazer aquele nó subliminar. Segundo a tradição, Jesus Cristo vivera até a idade de trinta e três anos, e talvez (assim cismava Graf, imobilizado junto à cruz da moldura da janela), talvez uma voz naquele sonho de fato houvesse dito: "Você morrerá ao chegar à idade de Cristo", projetando então numa tela os espinhos de dois tremendos números três.

Abriu a janela. Estava mais claro lá fora que dentro do quarto, porém os lampiões já haviam começado a brilhar. Nuvens macias cobriam o céu, e somente na direção do poente, entre telhados ocre, abria-se uma faixa de suave claridade. Mais adiante na rua, um carro com olhos chamejantes havia parado, suas presas retas, cor de tangerina, enfiadas no cinzento úmido do asfalto. Um açougueiro louro, de pé na porta da loja, contemplava o céu.

Como se atravessasse um ribeirão saltando de pedra em pedra, a mente de Graf pulou do açougueiro para uma carcaça e daí para alguém que lhe dissera que certa pessoa em algum lugar (Num necrotério? Numa faculdade de medicina?) costumava chamar afetuosamente os cadáveres de "fedorentos" ou "fedorentinhos". Ele está esperando você do outro lado da esquina, fedorentinho. Não se preocupe, o fedorento não vai deixar você na mão.

"Permita que eu exponha as diversas possibilidades", disse Graf com uma risadinha de escárnio enquanto, de sua janela no quinto andar, olhava de viés para as pontas pretas de uma grade de ferro. "A primeira (e a mais irritante): sonho que a casa está sendo atacada ou pegando fogo, pulo da cama e, pensando (somos uns idiotas ao dormir) que moro no térreo, mergulho pela janela — direto num abismo. Segunda possibilidade: em outro pesadelo, engulo a língua — sabe-se que isso já aconteceu —, a dita-cuja dá uma cambalhota de costas na minha boca e eu sufoco. Terceiro caso: estou passeando à toa, digamos, por uma rua barulhenta — ora, ora, esse aí é o Puchkin tentando imaginar de que modo morreria:

Em combate, vagando ao léu ou sobre as ondas,
Ou quem sabe no vale vizinho...

etc., mas, note bem, ele começou com a palavra 'combate', o que significa que tinha algum pressentimento. A superstição pode ser uma forma disfarçada de sabedoria. O que é que eu posso fazer a fim de parar de pensar nessas coisas? Que posso fazer na solidão em que vivo?"

Casara-se em 1924, na cidade de Riga, vindo de Pskov com uma anêmica companhia de teatro. Recitava alguns versinhos durante o espetáculo — e, antes de entrar em cena, quando tirava os óculos para retocar o rosto pequeno e pálido com um pouco de ruge, dava para ver que seus olhos eram de um azul-esfumaçado. Sua cara-metade era uma mulher grande e robusta, com cabelos pretos cortados curtos, uma compleição radiosa e uma nuca gorda coberta de pêlos eriçados. Seu pai vendia móveis. Logo após o casamento, Graf descobriu que ela era bronca e vulgar, que tinha as pernas arqueadas e que, para cada duas palavras em russo, falava uma dúzia em alemão. Deu-se conta de que deviam se separar, mas foi postergando a decisão devido a uma espécie de compaixão sonhadora que sentia por ela, e as coisas foram se arrastando assim até 1926, quando ela o traiu com o dono de uma mercearia da rua Latchplesis. Graf mudou-se de Riga para Berlim, onde lhe havia sido prometido emprego numa produtora cinematográfica (que pouco depois fechou as portas). Levava uma vida miserável, desorganizada e solitária, passando horas num bar vagabundo onde escrevia seus poemas sobre assuntos da atualidade. Era esse o esquema de sua vida — uma vida que fazia muito pouco sentido —, a estéril e insípida existência de um emigrado russo de terceira categoria. Mas, como ninguém desconhece, a consciência não é determinada por esse ou aquele modo de vida. Tanto nas épocas de relativo desafogo quanto nos dias em que não tinha o que comer e as roupas começavam a apodrecer, Grafitski não chegava a se sentir infeliz — pelo menos antes que sobreviesse o ano fatídico. Com perfeito bom senso, poderíamos caracterizá-lo como um "homem ocupado", pois o tema de suas preocupações era sua própria alma — e, em tais casos, não há lazer possível nem ele se faz necessário. Estamos falando dos respiradouros da vida, de uma batida em falso do coração, da piedade, da irrupção de coisas passadas — que perfume é esse? De que ele me faz lembrar? E por que ninguém nota que na mais ordinária das ruas cada casa é diferente, e que em cada casa há uma profusão de móveis, em cada objeto uma profusão de ornamentos aparentemente inúteis — sim, inúteis, mas cheios de um encanto desinteressado, expiatório.

Falemos francamente. Há inúmeras pessoas cuja alma está dormente, como uma perna cruzada durante muito tempo. Por outro lado, há pessoas dotadas de princípios e ideais — almas enfermas, gravemente afetadas por problemas de fé e de ética; mas não se trata de artistas da sensibilidade: a alma dessa gente é a mina onde escavam e fazem furos, trabalhando a uma profundidade cada vez maior com a perfuratriz de carvão da consciência religiosa e se inebriando com a poeira negra dos pecados, dos pecadilhos e dos pseudopecados. Graf não pertencia a esse grupo: carecia de pecados especiais e não tinha princípios especiais. Ocupava-se com seu próprio eu, assim como outras pessoas estudam determinado pintor, colecionam certas bugigangas ou decifram manuscritos ricos em complexas transposições e inserções, com desenhos garatujados nas margens qual verdadeiras alucinações, com rasuras temperamentais que queimam as pontes entre ilhas de imagens — pontes cuja restauração constitui maravilhoso divertimento.

Seus estudos tinham sido agora interrompidos por considerações alheias a eles — e isso, além de inesperado, era terrivelmente doloroso. O que fazer? Após se demorar junto à janela (fazendo o possível para descobrir alguma defesa contra o pensamento trivial, ridículo mas invencível de que dentro de alguns dias, em 19 de junho, atingiria a idade mencionada no seu sonho de menino), Graf saiu sem fazer ruído do quarto cada vez mais escuro, onde todos os objetos, sobrenadando nas ondas do crepúsculo, flutuavam como móveis durante uma grande inundação. Ainda era dia — e por algum motivo seu coração se contraiu graças à ternura das primeiras luzes. Notou de imediato que havia alguma coisa de anormal, que uma estranha agitação se espalhava por toda parte: pessoas reunidas nas esquinas faziam misteriosos sinais angulares, atravessavam para o outro lado da rua, mais uma vez apontavam para algo distante e depois se imobilizavam em inexplicáveis atitudes de torpor. No lusco-fusco, os substantivos se perdiam, ficando apenas os verbos — ou ao menos a forma arcaica de certos verbos. Esse tipo de coisa pode ter um grande significado: por exemplo, o fim do mundo. De repente, com um formigamento que lhe entorpeceu todo o corpo, compreendeu do que se tratava. Lá longe, muito além do despenhadeiro que se abria entre dois edifícios, recortado delicadamente contra um fundo dourado e luminoso, sob a borda inferior de uma comprida nuvem cinzenta, muito baixo, muito distante e muito lento, também cinzento e também alongado, um dirigível flutuava no espaço. A graça etérea e antiga de seu movimento, aliada à beleza intolerável do céu vespertino, às cores alaranjadas, às silhuetas azuis das pessoas, fez a alma de Graf transbordar. Viu naquilo um sinal celeste, uma aparição mítica, lembrando-o de que estava prestes a atingir o limite fixado para sua existência; leu mentalmente a inexorável nota fúnebre: nosso valoroso colaborador... perda prematura... nós que o conhecíamos tão bem... humor robusto... túmulo fresco... E o que era ainda mais inconcebível: à volta daquela nota, para de novo parafrasear Puchkin, "... a natureza indiferente continuaria a reluzir" — a flora de um jornal, as ervas daninhas das notícias cotidianas, as coroas-de-cristo dos editoriais.

Fez trinta e três anos numa noite tranqüila de verão. Sozinho em seu quarto, vestindo ceroulas listradas que mais pareciam o uniforme de um prisioneiro, sem óculos, piscando sem parar, celebrou o aniversário que lhe chegava como uma imposição. Não havia chamado ninguém, pois temia certas eventualidades, tais como um espelhinho de bolso quebrado ou conversas sobre a fragilidade da vida, que a mente retentiva de algum convidado certamente promoveria à categoria de um augúrio. Não te vás, não te vás, instante fugidio — tu não és tão lindo quanto o de Goethe —, mas, seja como for, não vás embora. Aqui temos um indivíduo único num cenário único: os livros surrados que se espalhavam pelas estantes como árvores tombadas após a tempestade, o potinho de iogurte (com seu suposto poder de prolongar a vida), a escovinha felpuda para limpar o cachimbo, o grosso álbum cinzento onde Graf colava tudo, desde os recortes dos jornais com seus poemas até um bilhete de bonde russo — essas eram as coisas que circundavam Graf Ytski (pseudônimo que inventara certa noite chuvosa enquanto esperava pelo barco seguinte), um homenzinho atarracado, com orelhas como asas de borboleta, sentado na beira da cama e segurando a meia violeta, cheia de furos, que acabara de descalçar.

A partir de então, começou a ter medo de tudo: do elevador, das correntes de ar, dos andaimes dos edifícios, do tráfego, dos manifestantes, da plataforma montada sobre um caminhão para consertar os cabos do bonde, da cúpula colossal do gasômetro que era capaz de explodir quando ele por lá passava a caminho do correio, onde, além disso, um bandido audacioso com uma máscara caseira podia iniciar um tiroteio. Dava-se conta de como era tolo seu estado de espírito, mas não conseguia evitá-lo. Tentava em vão distrair-se, pensar em alguma outra coisa: no estribo da traseira de cada pensamento, que passava veloz como um trenó, lá estava o "fedorento" como eterno cavalariço. Por outro lado, os poemas sobre assuntos da atualidade, os quais ele continuava a fornecer diligentemente aos jornais, tornaram-se mais e mais alegres e despretensiosos (a fim de que ninguém pudesse notar em retrospecto o pressentimento da morte que se aproximava), e aqueles dísticos insípidos, cujo ritmo lembrava o brinquedo russo em que um mujique e um urso sobem e descem numa gangorra, nos quais "escrevi-lhe" rimava com "Djugachvili", aqueles versos, mais do que qualquer outra coisa, mostraram ser as partes mais sólidas e mais bem ajustadas de sua existência.

Naturalmente, nada impede que alguém tenha fé na imortalidade da alma; mas há uma questão terrível que, tanto quanto eu saiba, ninguém ainda suscitou (assim se dizia Graf debruçado sobre uma caneca de cerveja): será que a passagem da alma para o Além não é acompanhada pela possibilidade de impedimentos e vicissitudes fortuitas, semelhantes aos acidentes que cercam a chegada ao mundo de qualquer pessoa? Não será possível contribuir, ainda em vida, para o êxito de tal passagem mediante certas medidas psicológicas e até mesmo físicas? Quais, em particular? O que se deve prever, o que se deve manter em reserva, o que se deve evitar? Seria o caso de considerar a religião (perguntava Graf com seus botões, se deixando ficar no bar deserto e quase às escuras onde as cadeiras já estavam bocejando e sendo postas para dormir sobre as mesas) — a religião, que cobre as paredes da vida com imagens sagradas — algo útil na tentativa de criar um ambiente favorável (do mesmo modo como, segundo alguns médicos, as fotografias profissionais de bebês profissionais, com suas bochechas gordas e rosadas, devem ser postas no quarto de uma mulher grávida para influenciar beneficamente o fruto que ela carrega no útero)? Porém, mesmo que sejam tomadas as providências necessárias, mesmo que saibamos por que motivo o sr. X (que se alimentava disso ou daquilo — leite, música —, não importa o quê) passou sem transtorno para a eternidade, enquanto o sr. Y (cuja nutrição era um pouco diferente) ficou entalado e morreu, será que não haveria outros riscos passíveis de se fazerem sentir no momento mesmo da passagem, obstruindo de algum modo o caminho, pondo tudo a perder — porque, cumpre notar, até os animais ou as pessoas simples se escondem num canto quando se aproxima a hora derradeira: não me atrapalhe, não complique minha tarefa difícil e perigosa, permita que eu dê à luz pacificamente minha alma imortal.

Tudo isso deprimia Graf, porém ainda mais cruel e terrível era o pensamento de que afinal de contas não existisse nenhum "Além", que a vida de um homem se desfizesse tão irremediavelmente como as bolhas que dançam e desaparecem na barrica tempestuosa para onde rolam as águas da calha do telhado (Graf as observava do terraço de um café suburbano); chovia a cântaros, o outono já chegara, quatro meses haviam transcorrido desde que ele atingira a idade fatídica, a morte poderia agora alcançá-lo a qualquer momento — e eram extremamente arriscadas aquelas excursões aos lúgubres bosques de pinheiros nas cercanias de Berlim. "No entanto", pensava Graf, "se não há o Além, então com ele se vai tudo o mais que envolve a idéia de uma alma independente, com ele se vai a possibilidade de prenúncios e pressentimentos; muito bem, sejamos materialistas e, portanto, eu, um homem saudável pertencente a uma linhagem saudável, provavelmente vou viver ainda por mais meio século e, sendo assim, por que me submeter a ilusões neuróticas — elas resultam apenas de certa instabilidade passageira de minha classe social, e o indivíduo é imortal na medida em que sua classe é imortal — e a grande classe da burguesia (continuava Graf, agora pensando em voz alta com asquerosa animação), nossa grande e poderosa classe derrotará a hidra do proletariado, pois nós também, proprietários de escravos, comerciantes de milho e seus leais trovadores, devemos elevar a voz de nossa classe (mais elã, por favor), todos nós, burgueses de todos os países, burgueses de todas as terras... e de todas as nações, levantemo-nos, nosso *kollektiv* sedento de petróleo (ou é de ouro?) destruirá os monstrengos plebeus — e agora qualquer advérbio terminado em 'iv' servirá para completar a rima; depois disso, duas estrofes a mais, e de novo: De pé, burgueses de todas as terras e nações! Viva nosso sagrado kapital! Tá-tá-tá (alguma palavra com '...ações', nossa burguesia *Internatsional*! Será que o resultado ficou engraçado? Tem suficiente humor?"

Chegou o inverno. Graf tomou emprestados cinqüenta marcos de um vizinho e os usou para se alimentar corretamente, pois não estava disposto a dar a menor vantagem ao destino. Esse estranho vizinho, que lhe havia oferecido a ajuda financeira espontaneamente (espontaneamente!), era um recém-chegado que ocupava os dois melhores quartos do quinto andar e se chamava Ivan Ivanovitch Angel — um sujeitinho gorducho de vasta cabeleira grisalha, com a aparência típica de um compositor ou mestre de xadrez, mas que era na realidade representante de algum tipo de firma estrangeira (aliás, bem estrangeira, talvez do mais extremo Oriente se não do Celeste Império). Quando se encontravam por acaso no corredor, ele sorria com amabilidade, com timidez, e o pobre Graf explicava tal simpatia presumindo que seu vizinho era um homem de negócios inculto, pouco afeito à literatura e às outras estações de férias do espírito humano, devendo por isso devotar instintivamente a ele, Grafitski, o Sonhador, uma estima tão deliciosa quanto gratificante. De qualquer modo, Graf já tinha problemas demais para prestar grande atenção em seu vizinho, porém continuava a beneficiar-se algo distraidamente da natureza angélica do velho cavalheiro e, por exemplo, em noites de insuportável carência nicotínica, batia na porta do sr. Angel para pedir um charuto — mas de fato nunca fez camaradagem com ele e jamais o convidou a visitá-lo em seu próprio quarto (exceto naquela vez em que a lâmpada da escrivaninha queimou e, como a senhoria tinha escolhido aquele dia para ir ao cinema, foi o vizinho quem trouxe a lâmpada nova em folha e a aparafusou delicadamente no abajur).

Na noite de Natal, Graf foi convidado por alguns amigos escritores para se reunir com eles em torno de uma *yolka* (pinheirinho), mas, enquanto a conversa girava sobre uma variedade de assuntos, ele ficou se dizendo angustiado que aquela era a última vez em que via as bolinhas coloridas. Noutra ocasião, numa serena noite de fevereiro, passou tempo demais olhando o firmamento e de repente sentiu que era incapaz de suportar o peso e a pressão da consciência humana, esse luxo nefasto e ridículo: um espasmo abominável tirou-lhe o fôlego, e o céu monstruoso, manchado de estrelas, se pôs em movimento. Graf fechou a cortina e, apertando o coração com uma das mãos, com a outra bateu à porta de Ivan Angel. Com um sorriso afável e um ligeiro sotaque alemão, o vizinho ofereceu-lhe um pouco de *valerianka*. Diga-se de passagem que, ao entrar, Graf havia surpreendido o sr. Angel de pé no meio do quarto pingando algumas gotas do sedativo num copo de vinho — sem dúvida para seu próprio uso: segurando o copo na mão direita e erguendo bem alto a esquerda com a garrafinha âmbar-escuro, movia os lábios em silêncio, contando doze, treze, catorze e depois, muito rapidamente, como se corresse nas pontas dos pés, quinzedezesseisdezessete, e então outra vez devagar até vinte. Vestia um robe amarelo-canário, um pincenê equilibrava-se na ponta de seu nariz atento.

E, passados mais alguns meses, a primavera chegou, as escadas foram invadidas pelo cheiro de detergente. Alguém morreu na casa em frente e um carro funerário lá ficou parado por longo tempo, preto e luzidio como um piano de cauda. Graf foi atormentado por pesadelos. Imaginava ver prenúncios em tudo, a coincidência mais banal o assustava. A insensatez do acaso é a lógica do destino. Como não acreditar no destino, na infalibilidade de suas insinuações, na teimosia de seus desígnios, quando suas linhas negras aparecem insistentemente sob a caligrafia da vida?

Quanto mais se presta atenção às coincidências, mais freqüentes elas se tornam. Graf chegou a tal ponto que, tendo jogado fora a folha de jornal da qual (como bom amante dos erros de impressão) recortara a frase "após uma conga e dolorosa enfermidade", dias depois viu a mesma folha, com sua janelinha bem cortada, nas mãos de uma vendedora do mercado que embrulhava um repolho para ele; e, naquela tarde ainda, para além dos telhados mais remotos, uma nuvem sombria e maligna começou a crescer, engolfando as primeiras estrelas, e súbito Graf sentiu um peso sufocante, como se estivesse subindo as escadas com um baú de ferro às costas — e logo depois, sem prévio aviso, o céu se desequilibrou e o enorme baú desceu os degraus com estrépito. Graf apressou-se em fechar a janela, pois, como é bem sabido, as correntes de ar e a luz elétrica atraem os relâmpagos. Um claror brilhou através das venezianas e, a fim de determinar a que distância o raio havia caído, Graf usou o método tradicional, começando a contar: o trovão ribombou quando atingiu o número seis, o que significava seis verstas. A tempestade ganhou força. As trovoadas sem chuva são as piores. Os vidros da janela tremiam a cada estrondo. Graf foi para a cama, mas imaginou tão vividamente que a qualquer momento um relâmpago atingiria o telhado, atravessando todos os sete andares e transformando-o de passagem num anão negro sacudido por violentas convulsões, que pulou da cama com o coração em disparada (através das venezianas a janela se iluminou com um clarão, a cruz negra dos caixilhos projetou uma sombra fugaz na parede) e, fazendo um enorme barulho no escuro, ele tirou de cima do lavatório e colocou no chão uma pesada bacia de faiança (enxugada com todo o esmero), postando-se de pé dentro dela, tiritante, os dedos do pé descalço rangendo ao roçar na superfície da louça, e lá ficou quase a noite toda até que a madrugada pôs fim à idiotice.

Durante aquela tempestade de maio Graf desceu às mais humilhantes profundezas da covardia transcendental. Pela manhã, seu estado de espírito desanuviou-se. Observando o alegre céu azul-claro, os desenhos arborescentes deixados pelas manchas escuras de umidade no asfalto que secava, deu-se conta de que só faltava mais um mês até o dezenove de junho. Nesse dia ele completaria trinta e quatro anos. Terra à vista! Mas seria capaz de nadar aquela distância? Resistiria até lá?

Tinha esperança de que sim. Cheio de entusiasmo, decidiu tomar medidas extraordinárias para proteger sua vida contra as pretensões do destino. Deixou de sair. Não se barbeava mais. Fingiu que estava doente; a senhoria passou a cuidar de suas refeições e, por intermédio dela, o sr. Angel lhe fazia chegar uma laranja, uma revista, um pó laxativo num simpático envelopinho. Fumava menos e dormia mais. Dedicava-se às palavras cruzadas nos jornais de emigrados, respirava pelo nariz e, antes de dormir, tinha o cuidado de estender uma toalha úmida sobre o tapete ao lado da cama a fim de ser imediatamente acordado pelo toque frio caso seu corpo, num transe sonambúlico, tentasse escapar à vigilância do pensamento.

Teria êxito? Primeiro de junho. Dois de junho. Três de junho. No dia dez o vizinho perguntou através da porta se ele estava bem. Onze. Doze. Treze. Como aquele famoso corredor finlandês que, antes da última volta na pista, jogava fora o relógio niquelado que o ajudara a computar as passadas fortes e regulares, Graf, ao divisar a linha de chegada, alterou de repente seu modo de agir. Raspou a barba cor de palha, tomou um banho e convidou algumas pessoas para o dia dezenove.

Não cedeu à tentação de celebrar seu aniversário um dia antes, tal como o sugeriam astutamente os duendes do calendário (ele nascera no século passado, quando havia uma diferença de doze dias, e não de treze, entre o Velho e o Novo Estilo, que agora era de uso geral); seja como for, escreveu para sua mãe em Pskov pedindo que lhe dissesse a hora exata de seu nascimento. No entanto, ela respondeu de forma bastante evasiva: "Foi de noite. Lembro que senti muita dor".

Raiou o dia dezenove. Durante toda a manhã ele ouviu os passos do vizinho que, exibindo uma agitação incomum, caminhava para cima e para baixo do quarto, chegando mesmo a se precipitar para o corredor toda vez que soava a campainha da porta, como se estivesse esperando por alguma mensagem. Graf não o convidou para a festa que daria à noite — afinal de contas mal se conheciam —, mas chamou a senhoria, pois, curiosamente, era por natureza tão desprendido quanto calculista. Saiu no fim da tarde para comprar vodca, bolinhos de carne, arenque defumado, pão preto... Ao voltar, enquanto atravessava a rua abraçando com dificuldade as indisciplinadas compras, viu que o sr. Angel, iluminado pelo sol amarelo, o olhava da varanda.

Por volta das oito horas, no exato momento em que, após arrumar a mesa com todo o cuidado, Graf debruçou-se para fora da janela, aconteceu o seguinte: na esquina da rua, onde um pequeno grupo de homens se reunira em frente ao bar, ecoaram gritos raivosos e, logo em seguida, os disparos repentinos de um revólver. Graf teve a impressão de que uma bala perdida havia raspado por seu rosto, quase lhe arrebentando os óculos e o fazendo recuar com um "akh" de terror. A campainha da porta tilintou no hall. Trêmulo, Graf deu uma olhada para fora do quarto e, no mesmo instante, Ivan Ivanovitch Angel, vestindo o robe amarelo-canário, irrompeu no vestíbulo. Era um mensageiro com o telegrama pelo qual ele estivera esperando o dia inteiro. Angel abriu-o ansiosamente — e se desmanchou num sorriso radioso.

"*Was dort für Skandale?*", indagou Graf, dirigindo-se ao mensageiro, mas este — sem dúvida desconcertado pelo mau alemão em que a pergunta fora formulada — não compreendeu; e, quando Graf olhou de novo com extremo cuidado pela janela, a calçada em frente ao bar se encontrava deserta, os porteiros estavam sentados junto às entradas dos edifícios, uma empregada de pernas nuas passeava com um *poodle* miniatura cor-de-rosa.

Lá pelas nove todos os convidados haviam chegado — três russos e a senhoria alemã, que tinha trazido cinco copos de licor e um bolo que ela própria fizera. Era uma mulher de corpo disforme, enfiado num farfalhante vestido violeta, com as maçãs do rosto salientes, o pescoço coberto de sardas e uma peruca digna de alguma sogra de comédia-pastelão. Os lúgubres amigos de Graf, todos eles literatos emigrados, idosos e pesadões, com achaques variados (cuja descrição sempre servia de consolo para Graf), imediatamente puseram a senhoria de pileque e também ficaram altos sem nem por isso se tornarem mais alegres. A conversa, obviamente, era conduzida em russo; embora não entendesse uma única palavra do que era dito, a senhoria não parava de soltar risadinhas, rolando os olhos mal pintados numa inútil tentativa de se fazer de coquete, e mantinha um solilóquio privado a que ninguém prestava a menor atenção. Ansioso por ouvir o carrilhão da igreja mais próxima dar as doze badaladas, Graf vez por outra consultava o relógio por baixo da mesa, bebia suco de laranja e tomava o pulso. Por volta da meia-noite, a vodca acabou, e a senhoria, cambaleando e rindo às gargalhadas, foi buscar uma garrafa de conhaque. "Muito bem, à sua saúde, *staraya morda* (velha horrorosa)", disse-lhe friamente um dos amigos de Graf, enquanto ela, ingênua e confiante, fazia tintim com ele e depois estendia o copo na direção de outro convidado, que nem ao menos respondeu a seu gesto.

O sol já nascia quando Graf se despediu de seus convidados. Sobre a mesinha do hall notou um telegrama, agora aberto e descartado, o telegrama que havia causado tanto prazer a seu vizinho. Leu-o distraidamente: *SOGLASEN PRODLENIE* (prorrogação concedida), voltou para o quarto, deu uma arrumada nas coisas e, bocejando, invadido por uma estranha sensação de enfado (como se houvesse planejado a duração de sua vida em função do vaticínio e devesse agora recomeçar a reconstruí-la por inteiro), sentou-se numa poltrona e folheou um livro surrado (presente de aniversário de alguém) — uma antologia russa de piadas e trocadilhos, publicada no Extremo Oriente: "Como vai o seu filho, o poeta?". "Ele agora é um sadístico." "É o quê?" "Só faz dísticos cruéis." Pouco a pouco, sentado ainda na poltrona, Graf caiu no sono e sonhou que via Ivan Ivanovitch Angel declamando parelhas de versos numa espécie de jardim enquanto agitava suas asas amarelo-canário de plumas encaracoladas; e, ao acordar, o belo sol de junho criava pequenos arco-íris nos copos de licor da senhoria, e tudo tinha um certo ar macio, luminoso e enigmático — como se houvesse algo que ele não compreendera, não explorara até suas últimas conseqüências; mas agora era tarde demais, outra vida havia começado, o passado se desvanecera, a morte tinha apagado totalmente, terminantemente, a absurda memória que o acaso fizera sair da casa humilde e longínqua onde até então ela vivia sua existência obscura.

1ª EDIÇÃO [2002] 1 reimpressão

ESTA OBRA FOI COMPOSTA EM GARAMOND PELA SPRESS E IMPRESSA PELA PROL EDITORA GRÁFICA EM OFSETE SOBRE PAPEL PÓLEN SOFT DA COMPANHIA SUZANO PARA A EDITORA SCHWARCZ EM SETEMBRO DE 2002